講談社文庫

# 戦国連歌師

岩井三四二



講談社

目次

# 戦国連歌師

# 第一話　尾張の虎

一

正面床の間の前で、硯箱《すずりばこ》や水差しなどの位置をなおしていた友軌《ゆうき》は、ふと手をとめて耳を澄ませた。

荒々しい足音や家人《けにん》どもの呼びあう声が、母屋からこの客殿にまで流れてきている。

時おり雪がちらつく空は暗いが、もう辰《たつ》の刻（午前八時）にはなっているはずだった。

「えろう騒がしおすな」

不安になって、師の宗牧《そうぼく》に声をかけてみた。

「どうもあらへん。侍やさかいな。わわしい連中や」

自分も侍の出自のくせに侍連中を揶揄《やゆ》する癖のある宗牧は、鬱陶《うっとう》しそうにそう言うと、やっこらせ、と声を出して円座から立ち上がろうとした。途端にその顔が苦痛にゆがんだ。

友軌はあわてて側に寄った。

昨年、卒中で倒れて以来、宗牧は左足が不自由になっていた。杖をつけば歩けるものの、すわったり立ったりするのは一苦労という状態だった。

宗牧は年寄りとはいっても骨太で肩幅も広く、友軌より頭ひとつ背が高い。友軌が肩を貸すともたれるように腕を回してきた。ふたりはそのまま広縁に出た。

友軌は萌葱《もえぎ》色の地に朽葉《くちば》色の括《くく》り染めを浮かせた小袖を着て、伸ばした髪を背に垂らしている。対して宗牧はうっすらと毛の生えかけた坊主頭に墨染めの衣という、宗旨不明の生臭坊主の姿である。一見すると不思議なとり合わせだった。だがまちがいなく師弟なのである。

霜が降りた庭は白く凍っていた。今年は雪が早く、初雪を見たのは十月二十日だった。

「古今《こきん》で、霜の歌を挙げてみなはれ」

宗牧が言った。友軌はしばし頭を巡らすと、

ささの葉におく初霜の夜をさむみ　しみはつくとも色にいでめや

と詠みあげた。

宗牧は北野神社連歌会所奉行、将軍家月次《つきなみ》連歌宗匠《そうしょう》という当代では天下一の連歌師である。

「ほほ、恋歌から持ってきよったか」

と口元を緩めた。友軌はほっとした。これをしくじって暇を出された兄弟子が何人もいるのだ。

高い鼻に薄い唇、猛禽《もうきん》を思わせるように鋭い一重の目と、それでなくても近寄りがたい顔立ちをしているのに、友軌が弟子入りしたころの宗牧は、近くにいるだけで緊張を強《し》いられるような刺々《とげとげ》しい表情をしていることが多かった。

しかし左足が不自由になってからは気が弱ったのか、顔つきも気性もずいぶん穏やかになっていた。弟子に愛想笑いを見せるなど、以前は絶対になかったことだ。

「雪と露の歌はようけおますけど、霜はちと少ないようで」

友軌は言わでものことを言った。

「なに、これもあるやろ。なよ竹のよながきうえに」

「初霜のおきいて物を思うころかな」

友軌が続けると、宗牧はうなずいた。

これくらいならば、と思う。友軌は古今集、後撰《ごせん》集、拾遺《しゅうい》集の三代集にある歌はすべて諳《そら》んじていた。

弟子入りしたばかりの頃は、兄弟子たちがこうしたやりとりをするのを驚きあきれて聞いていたものだった。そこかしこで合戦があり、男どもが打ち物とって命のやりとりをしている中で、和歌の詠み合いをしたり、どの歌が優れているかを言い合ったりして日をすごすのは、あまりに浮世離れして見えたのだ。

しかし、それが食うための必死の鍛錬だと気がつくのに時間はかからなかった。連歌は三代集や新古今、それに源氏物語などから本歌取りすることが多いから、古典の知識なくしては連歌師とはいえない。百姓にとっての鍬《くわ》、侍にとっての弓にあたるものが、連歌師にとっての古典なのである。

「おお、これはお待たせしてまって」

大きな声に友軌は振り向いた。

半ば白髪で骨柄の逞《たくま》しい男が、母屋との渡り廊下を足早に歩いてくる。男は平手政《ひらてまさ》秀《ひで》といい、この那古野《なごや》城の城主、織田弾正忠信秀《おだだんじょうのじょうのぶひで》の家宰《かさい》である。

「客人をほったらかいてはあかんが、まだ支度が終わっとらんで、まあちょっと待っといてちょうでえ。じきに連衆《れんじゅ》が参るでなも」

近くで聞くと耳が痛いほどの大声である。

「お気遣いのう。急ぐ旅でもござりまへん」

宗牧がにこやかに応対する。

広縁に立って中庭を眺めている二人を後目《しりめ》に、平手政秀はさっと客殿にあがり込むと、ならべてある円座の位置を手早く直し、床の間にかけてある天神の名号の掛け軸をまっすぐにした。ついでにその前に活けてある花をそっと真ん中に寄せ、それからまだ足らぬ点はないかというように部屋中を鋭い目で見回し、満足そうにうなずいた。

「手あぶりが足りぬようなら言ってちょうでえ。ようけ持ってこさせるで」

一礼してまたせかせかと出ていった。大身《たいしん》の侍とは思えない腰の軽さだ。

平手には昨晩、那古野城についたばかりのときにも供応してもらった。「今日の寒さは格別、まず手を暖めよ口を暖めよ、湯風呂、石風呂よ」、と下へも置かぬほどのもてなしだった。

宗牧一行はあたりまえといった顔でそのもてなしを受けた。連歌師は文化の担い手といっても、所詮は地位も富もない公界者《くがいもの》である。この旅も行く先々で有力者の懐をあてにしながらの旅だった。そんな中で卑屈な態度をとったら、ますます軽んじられてしまう。居てやるのだ、という形で押し切ることが肝要だった。平手はそのあたりの事情ものみこんでいるようだ。

「いやはや、忙しいお人どすな」

「あの虎のような御仁の家宰や。尋常ではつとまらへんわ」

宗牧はやや緊張した顔で言う。

虎と言われて、友軌は先ほど見たばかりの、織田信秀の浅黒い精悍《せいかん》な顔を思い浮かべた。

今朝早く、宗牧は信秀に対面した。禁裏《きんり》修理の礼を述べた女房奉書を手渡すためである。

黒っぽい茶染めの地に黄泥《おうでい》で楓《かえで》を描いた大紋を着用し、烏帽子をかぶった信秀の姿は、宗牧にというより女房奉書に礼を尽くしているのだろう。

「家の面目とはこのことでござるわ」

女房奉書と下賜された古今集を拝領した信秀は、よく透る高い声で言った。

友軌もうしろで控えていたが、驚いたのは信秀の若さだった。高く細い鼻梁《びりよう》と鋭い切れ長の目を持つこの裕福な大名は、まだ三十路《みそじ》そこそこと見えた。その若さにもかかわらず軍事と政治に長《た》けており、今や尾張《おわり》では守護の斯波《しば》氏を差し置いて、並ぶものなき勢いだという。

しかし接しているうちに、それも当然のことだと思えてきた。

女房奉書は、主上の側近の女房たちが主上の洩《も》らしたお言葉を書き留めた、という体裁の書簡である。散らし書きという独特な書式で書かれているから、初見の者は戸惑うはずなのだ。

だが信秀は文字の大きさと墨継ぎをたどって、それを正確に読んだ。田舎大名にしては驚くべき教養の持ち主だった。その上、主上からの感謝の言葉など受けるのは初めてのはずなのに、うわついたところなどどこにもなかった。

なるほど、と友軌は感心した。人の上に立つだけのことはあるようだ。

女房奉書と古今集を手に、信秀は感慨深そうに言った。

「濃州で斎藤の軍勢に襲いかかられた時には、まぁーへえこれまでやわと思い定めてありしが、結句、命を落とさず帰ってきてござるわ。軍神の加護やと思うておったんやが、さてさて、これがためにわが命を長らえてくりゃあたんやのう」

九月に美濃へ討ち入って、手痛い敗北を喫したということは聞いていた。信秀ひとりでようよう帰城したというほどの大敗だったそうだ。

だが目の前の信秀は敗戦の痛手など微塵も感じさせなかった。それどころか、

「濃州のこと、本意を達したところで重ねて御修理の儀など仰せ付けくだせぇと、弾正忠が申しておったと奏上願い申すで」

と豪気なことを言う。

「武門の心意気、見えたるようにてござりまするな。老骨、心して奏上仕りまする」

如才なく宗牧が応じて、女房奉書の授受は終わった。

――ようやくひとつおわった。

宗牧もほっとしただろうが、旅の手配万端をまかされている友軌としても、肩の荷が下りた思いだった。

織田信秀は前年、禁裏修理費用として朝廷に四千貫文を寄進していた。

天皇の威信など誰も顧みない昨今の情勢を考えれば、これは驚嘆に値する出来事だ

った。申し出を受けたとき、堂上人の誰もが半信半疑だった。だがそのうちあの平手政秀が目代《もくだい》として京へ上ってきて、本当に四千貫文を置いていったのだ。

禁裏の修築がなると、信秀に謝意を伝えねばならないという話が持ち上がった。といっても勅使など仕立てる費用は朝廷にはなかった。

宗牧が東国を歴訪する旅に出ることになったのは、ちょうどそのころである。

宗牧は近衛《このえ》殿、広橋殿など堂上人と親しい上に、何度か尾張へ下向《げこう》していて信秀とも顔見知りである。ならばということで、宗牧に女房奉書を託すという案が持ちあがった。

宗牧にとっては迷惑な話である。戦乱の世だから、東国への旅といってもどこまで行けるかわからない。槍ひとつ持たない連歌師としてはあぶないところへは行きたくないが、女房奉書を託されてしまうと、少々危険でも行かねばならなくなる。

おまけに届け先は織田信秀だけではなかった。三河《みかわ》の松平《まつだいら》と、相模《さがみ》の北条《ほうじょう》にも届けたい書状があるという。尾張と三河はしばしば合戦をしているし、駿河《するが》と伊豆《いず》の境も、今川家と北条家の確執があって、行き来ができないとのうわさが聞こえてきていた。危険なにおいがただよっているところばかりだ。

そんなことで再三辞退したが、日ごろ物心両面で世話になっている広橋殿からどうしてもと言われれば断れない。内裏《だいり》の事務方である長橋局《ながはしのつぼね》からも盃や衣服などもらってしまった。やむなく引き受けて、重い気分で京を出たのだが、そのうちひとつがなんとか片づいたのである。

「さて、京の様子はいかがでござろ」

答礼が終わると、信秀はこれが本題だと言わんばかりに熱心に、幕府の人事、朝廷の動きなどをたずねはじめた。

宗牧が京を発ったのは天文《てんぶん》十三年九月二十日だった。

近江永原、観音寺、伊勢白瀬など、知己《ちき》を訪ねて何日も逗留《とうりゆう》し、連歌興行や講釈をしながら歩を進めた。そのため伊勢湾を渡って尾張の那古野に着いたときには十一月五日になっていた。

連歌師は田舎へ下ると有力者の家に滞在し、連歌の興行を張ることで旅行中の宿と食を得ているが、求められるものは連歌だけではなかった。京の動向や道すがらに見聞した他国の大名の様子を語って聞かせること、それこそが田舎大名どもが旅の連歌師に欲したことだった。京や各地の有力者とつながりのある連歌師の話は貴重な情報なのだ。

宗牧もそこは心得たものだった。

「京兆《けいちょう》さまと公方《くぼう》さま、そろそろ仲直りの様子どすな」

と幕府の内幕からはじめて、六角殿《ろっかく》が参洛したこと、和泉河内《いずみかわち》の軍勢が京へ出てくる気勢であることなど、この夏から冬にかけての京の政界の動きをすらすらと答えていた。連歌の第一人者ならば、朝廷に四千貫文もの寄進をする大大名とも対等に話ができるのだ。

半刻ほども話し込んで、信秀の好奇心が満たされると、あとは連歌の興行が残るだけである。

「宗匠様には発句《ほっく》を願うだわ。連衆はさて、平手に儂《わし》、あと二人も呼べばええぎゃ」

信秀はそう言うと若党を呼び、「丹波守《たんばのかみ》と喜多野右京《きたのうきょう》に案内を遣わせ。巳《み》の刻（午前十時）から城で連歌じゃ」と命じた。

連歌興行は一瞬にして決まった。そのあまりの素早さに友軌は感心してしまった。

——この男は、いつもこうして一人で物事を決めとるんやろな。

本人は気持ちいいだろうが、手下になったらたまらんやろな、と思った。きびきびと働かねば怒声が飛んでくるだろう。

信秀は命じた後、何かを考え込むように難しい顔をして黙り込んだ。だがそれもほんの一時のことで、すぐに若党を呼び戻した。

「中野《なかの》の掃部助《かもんのすけ》を忘れとったわ。中野にも馬を飛ばすがええ」

と付け加えた。若党は顔を上げて一瞬、不思議そうな表情を見せた。

「中野殿で？」

逡巡《しゅんじゅん》するような声だった。

「言われた通り呼ばりに行きゃええ」

癇癖《かんぺき》に触れたような信秀の激しい口調に若党は平伏し、下がっていった。

名前の出た三人には、友軌も以前尾張へ来たときに会っていた。とくに丹波守などは熱心で、百韻《ひゃくいん》を詠みおわったあとも宗牧に自分の句について合点《がてん》を求めていたほどだった。

「発句が出来りゃあたら誰ぞに伝えて下され。手を鳴らせば誰かは来るで」

大袈裟《おおげさ》といえるほどの作り笑いを顔に浮かべながらそう言うと、信秀は足早に部屋を出ていった。

部屋には二人だけが残った。友軌は宗牧に懐紙と筆を渡した。

連歌は何人かが集まって百韻の句を詠む芸能だが、ただ句を並べればいいというものではない。約束事があり、禁忌《きんき》があり、作法があった。さらに百韻の中にも序破急を考えねばならない。一座を盛況のうちに興行するには相当の修練が必要だった。

中でも最初の句である発句は、特に大切なものとされていた。発句で百韻全体の詩情、骨格が決まってしまうからだ。

だから初心者が発句を詠むなどはあるまじきことで、宗匠か、座で一番練達の者のなすべきものとされていた。今日の場合、宗牧をおいて発句を詠める者はいない。

宗牧は筆を持ち、じっと中庭を見ていた。そしてさらさらと懐紙に筆を走らせ、それを部屋に顔を出した若者に渡した。

連衆たちが脇句、三の句となめらかに付け句できるよう、あらかじめ発句を知らせておくのである。

そのあと平手政秀がまた顔を出した。

「ご大儀《てやーぎ》さまやが、ちょっと動いてもらおかの。城ではあかんかもしれんで」

「へっ、動くんどすか」

一瞬、用が済んだから城を追い出されるのかと思い、卑屈な返事をしてしまった。

だがそれは取り越し苦労だった。平手政秀は朗らかな顔を見せ、城で連歌興行をするには差し障る事態が出来《しゅったい》するかもしれないので、その場合は自分の屋敷に案内することになった、と言い出したのだ。

「その支度《したく》に、ちょっとばかしお弟子さんを貸してちょう」

宗牧に向かって、平手はおどけるように言った。

二

少し歩くと街道に出た。街道沿いには百姓家や旅籠《はたご》、低い棚を構えた店屋がならんでいる。かなり繁栄している町のようだ。

平手の屋敷における席の手配を終えて、友軌は平手とともに城へ戻る途中だった。

連歌の席の支度などさしてうるさい決まりがあるわけでもない。友軌はそう言って平手屋敷へ行くのを渋ったのだが、平手は、「殿が来やあすに粗相《そそう》があってはあかんで」と譲らなかった。殿が殿がと言い張る姿は、子供が叱られるのを怖れているようだった。

友軌は平手に従いながらも、同情と蔑《さげす》みの気持ちを抱いた。

侍は主には逆らえない。知行《ちぎよう》の安堵《あんど》という生殺与奪の権を握られているからだ。強がってはいるが、主なしでは生きていけない弱い生き物なのだ。

その点、連歌師はいい。名のある連歌師ならば檀那《だんな》はいくらでもいる。一人の檀那をしくじっても、それで食うに困ることはない。

連歌師になるのは下層の侍や僧、職人などの地下人《じげにん》である。

師の宗牧はもともと越前朝倉《えちぜんあさくら》家の家人《けにん》だったが、上京して宗祇《そうぎ》、宗碩《そうせき》に師事し、同時に古典を三条西実隆《さんじょうにしさねたか》に学んだ。今では源氏物語研究の第一人者と認められており、この夏には近衛殿から新しい写本の校合《きょうごう》を依頼されたほどだった。

連歌師として名が通れば、京では公家に、田舎では大名に呼ばれるようになる。名声は銭《ぜに》を呼ぶ。そこまでいけば、古典の講義をし、連歌の指導をすることで、食っていけるようになる。そんな連歌師になりたい、というのが友軌ののぞみだった。

街道の南には、刈り入れのおわった田圃《たんぼ》が黒い地肌を見せてひろがっていた。見渡すかぎりの平野で、わずかに北方遥か遠くに雪をいただいた山々が小さく見えた。

「広い野でござるな」

「ああ、京よりは広かろうて」

平手が応える。侍や百姓であれば、平手のような大身の者と友軌のような若党が対等に並ぶようなことはあり得ない。だが連歌師は身分など関係なく、誰とでもつきあうことができるし、どこへでも出没する。

平手も気さくな人柄である。友軌に他愛もない話をしかけてくる。

「我殿《わどの》（あなた）は生国は？」

「和泉《いずみ》でござる」

「ほう。代々連歌師をしとらっせるかね」

「いやいや……」

その後の言葉はのみ込んだ。

友軌は和泉の国で地侍の家に生まれた。何ごともなければ、今ごろは十二貫文の所領を一所懸命に守り、平生は泥まみれで野良仕事をし、合戦となれば槍持ち一人を連れて駆けつけるような暮らしをしていただろう。

だが十七歳のとき、友軌の人生は一変した。そのあたりに強い勢力を持つ根来寺《ねごろじ》との合戦がもとで、領地を捨てざるを得なくなったのだ。

やむなく京へ流れて、つてをたどって三条西殿の若党になった。そこへ出入りしていたのが宗牧である。

宗牧に接して連歌師という世渡りのことを聞いたときの驚きと興奮を、友軌は今でも覚えている。これぞ自分の進む道だと思った。

小柄で頭ばかり大きい友軌は、もともと合戦で手柄をたてるほどの膂力《りょりょく》も勇気もなかったし、野良仕事をするより、ぼうっとひとりで考え事にふけるほうが好きという、いささか困った性癖の持ち主だった。

ただ、読み書きを覚えるのは早かった。十五を過ぎたころから草紙本はもちろん、庭訓往来《ていきんおうらい》から式状本《しきじょうぼん》まで読んだほど、書物に親しんだ。田舎ではなかなか手に入らない書物を読みたい一心で、出家しようかと考えたほどだった。

そんな友軌にとって、古今の和歌を諳んじたり、句を詠んだりといったことで食っていける連歌師は、まさに自分にぴったりだと思えたのだ。

「連歌とは便利なもんでなあ」

平手は前を向いたまま、独り言のように言った。

「城攻めの道具にもなるんやで」

「は?」

「この那古野城は連歌で奪ったもんや」

連歌で城を奪った? 何を言い出すのか、と友軌は首をひねった。

「十年ほど前まで、弾正様は勝幡《しょばた》というところにおっての。こっから三里ほど西へ行ったところにある城や。津島《つしま》の近くでええとこやが、領地が狭いであかん。その時この那古野城は今川左馬助《いまがわさまのすけ》殿のものやった。この今川殿が連歌が好きでの、弾正様と扇子《せんす》箱に付け句を入れてはやりとりしとらしたんや」

連歌は一人では面白くない。だからといって、京ならばいざ知らず、田舎では作法をわきまえて古典も知っている相手などなかなかいないだろう。同好の士ならば、離れた場所の者とでもやりとりしたいという気持ちは、大いにわかる。

「そのうち今川殿も辛抱できんようになりゃあて、弾正様に、那古野城の中に居場所を普請《ふしん》なされと言い出しての。そうすれば心おきなく何日でも連歌を楽しむことができるで」

不思議な言い分だが、数寄《すき》者ならばそれくらいはするだろうと友軌は思った。

実際、連歌には魔力がある。

連歌は数人で寄り集まって百韻を詠むが、そもそも歌を詠むことそのものにえもいわれぬ快さがあるうえ、一座で心を同じくしてひとつの主題を詠んでゆくと、やがてひとつの小宇宙ができあがる。連衆——一緒に連歌を詠む者——は、自分たちの作ったその小宇宙の中で、憂き世のことはすべて忘れて、変転する風雅な心境に酔いしれることになる。一度その境地を味わうと、なかなか抜けられないものだった。

「そこで弾正様はちょっとした屋敷を城内に普請しやあた。今川殿の家臣どもはあれこれ文句を付けやあたが、なに、自分から言い出したことや。今川殿は何も言わなんだ。弾正様も涼しい顔で馬廻りの者どもと住み込まれては連歌を興行なさったわ」

「それで……、隙を見て？」

「そうや。ある晩、百韻を詠み終わり、ええ気持ちで今川殿が寝《やす》まれたところを夜討ちや。何しろ城中に攻め手の大将がおるんや。これほど楽な城攻めはあらせんかったわ」

平手政秀は声を出さずに笑った。

織田信秀とその馬廻りは、夜半に具足姿で城内を走り回り、火を付けて回った。そして寝ぼけまなこで飛び出してきた城兵を斬り、門を開けて外に集めておいた軍勢を招き入れ、たちまち城を落としてしまったという。

「城と領地をなくした今川殿は京へ流れていったげな」

得意そうな顔で、平手政秀は話を締めくくった。

連歌をそんなことに使うとは、と友軌は腹が立ってきた。

友軌の心中も知らず、平手は気軽な調子で続けた。

「今日も役に立つやろ」

役に立つ？　どういうことだろうか。

「わしらがなにか」

「なにもなにも。ただ、あそこに居てもらえばええのや」

平手は平然としている。

――何をたくらんどるんや。

人のいい働き者とだけ思っていた平手が、急に不気味な人物に思えてきた。

歩きつづけて街道を北へ越した。城のあるあたりは段丘状に小高くなっており、畑や家臣の屋敷が点在している。その端に那古野城がある。

昨日着いたときはもう暗かったから、じっくりと城を見るのはこれが初めてだった。

城の堀は幅十間（約十八メートル）以上もある広い空堀で、底には鋭く尖った逆茂《さかも》木《ぎ》が植えられていた。その対岸には高さ三間（約五・四メートル）はある土塁《どるい》が築かれており、大手門には二階建ての櫓《やぐら》が築かれていた。堂々たる城だった。これを築くためにはどれほどの富と労力が注ぎ込まれたことか。

土塁の中には大きな茅葺《かやぶ》き屋根の建物が四つあり、その横に家臣の住まいらしい小さな家が十あまりも並んでいる。

「おお、来ておるな」

平手が言う。

大きな茅葺き屋根の前の馬場には五人ほどがすわり込んでいた。具足こそ着けていないが、槍や弓などは持っている。

「丹波殿の家人や。まあじき連衆が揃うわ」

三

「坪内将監殿《つぼうちしようげん》が討ち取られしとき、わしらもどえりゃあ敵に囲まれとっての。下知《げち》などひとつも聞こえんかったし、わが身一つを守るのが精一杯でのう」

「誰しも同じじゃわ。あのときの敵は天から舞い降りたか地から湧いたか、ともかくもえりゃあ数と勢いやったがや」

平手と話をしているのは織田丹波守である。ちょうど城下に滞在しており、呼び出された三人の中では一番近くにいたらしい。

友軌は文台の前に静かにすわっていた。

丹波守には先年尾張に来たときに会っているので、友軌にも憶えがある。もっとも先方は連歌師の門人など憶えてもいないらしく、先ほどちらりと挨拶を交わしたきりだ。

手あぶりの火桶に手をかざしながら、二人は先ほどから九月の濃州攻めを話題にしている。よほど負け戦が骨身にしみたと見える。

「槍先より雨が冷たくてな」

「おお、どえれえ降りやった。あれで木曾川も溢れたんやわ。ほれ、吉田の五左衛門さ、あの人《じん》も川に呑まれたんやわ」

「前野の吉蔵もだぎゃ」

友軌は聞くともなく聞いていた。

合戦ならば、一度だけだが自分も経験がある。思い出しても心の中が苦くなるような経験だった。

「高名《こうみよう》を挙げた者はおらんのきゃ」

「高名？ そういや右京殿が首を一つ持って帰りゃあたげな。あの負け戦で首を取る暇があったとは、たまげたことじゃが。城攻めの前の日までならいくらでもおりゃあす。大久地《おぐち》の佐々木三郎殿は兜首《かぶとくび》を取られたし、御器所《ごきそ》の結城四郎二郎殿は一番駆けじゃ。やが両名とも城攻めの日に討ち取られてまった。結城殿は郎党が小指だけ切り取って持って帰ったそうな」

平手と丹波守の話が血腥《ちなまぐさ》くなってきた。

友軌はむずむずする胸を押さえて、押し黙ったまま端座していた。合戦のことなど、聞きたくなかった。

――あかん。思い出してしまう。

友軌にとっては根来寺との合戦が最初で最後の合戦だった。

父親は鎧《よろい》兜《かぶと》に身を固め、馬に乗っていた。友軌と家の若党は簡素な素懸けの腹巻に二枚錣《しころ》の飾りのない筋兜をかぶり、槍を持って従った。

ちょうど今と同じように十一月で寒く、粉雪が舞っていたのを覚えている。

味方の大将は代替わりしたばかりの若殿だった。集まった寄子《よりこ》ども一同をうちつれて領地の境まで行き、そこで根来寺の先手として現れた地侍どもと合戦をはじめた。河原の近くで、大水が出るたびに水に浸《つ》かる野原だった。川の近くは荒れ放題で、人の背丈ほどもある葦《あし》が生い茂っていた。

戦はまず、石合戦ではじまった。最初は味方が押していた。石投げと矢軍《やいくさ》で崩れはじめた敵は、味方が槍を揃えて押し出すともろくも後退した。友軌は父親とともに敵を追って二町（約二百二十メートル）あまりも前進した。

だが調子のよかったのはそこまでだった。後退中の敵がきびすを返して逆に攻め寄せてくると、同時に横の葦の茂みから敵の伏兵が現れた。

敵を追いかけるために陣形が伸びきっていた味方は、横合いから攻め懸けられて一瞬にして分断され、崩れた。今思えば簡単な罠《わな》だったが、味方の若い大将には驚天動地の策略だったに違いない。先頭を切って敵を追いかけていた大将は、伏兵の出現にあわてて、ただ一騎、河原と反対方向へ逃げ出した。

そのあたりは、河原から離れると深田ばかりが広がっていた。大将はなにを血迷ったか、そこの細い畦道《あぜみち》を馬で通り抜けようとしたからたまらない。畦道が崩れ、馬もろとも派手な水しぶきをあげて深田に落ちてしまった。

大将を失った軍勢は、もう軍勢ではなく烏合《うごう》の衆だった。下知も何もなく、ただ逃げ場を探して走り回るだけだった。

友軌と父親は深田を避けて川下へと逃げた。敵はそれを執拗《しつよう》に追ってきた。そしてとうとう、馬に乗った一団に囲まれてしまった。

囲まれて……。

「さて、右京殿がござったか」

母屋のほうから足音が聞こえた。

連歌を詠む場合、連衆は四、五人から七、八人がもっともよいとされている。少なければ句が出てこず、多すぎれば騒がしくなる。今日は宗牧と織田信秀、平手政秀、それに丹波守など三人、宗牧のせがれの無為《むい》も詠み手に加わるから、七人でちょうどよい。

「おお、ようご無事で」

喜多野右京亮が笑顔を見せた。やはり濃州攻めの仲間らしい。

「右京殿はどこから川を渡られたかの。黒田の渡しかね」

「わしか。わしは前渡《まえど》の渡しでござる」

「それで生き残りゃあたわ。黒田の渡しに向かった者はどうも命を落とした者が多いと聞くで」

「右京殿はあの乱戦でも高名を挙げられたに。感服仕ってござると、いま丹波殿と話しておったとこじゃ」

「なに、平首ひとつでは、かえって恥ずかしいくらいやであかんわ」

そういいながら満更でもなさそうな顔をしている。

「ところで連衆はそろったんか。弾正殿もまだみえておらんようやな」

「宗匠もどこへいりゃあしたかの」

その声をうけて平手が立ち上がった。

「さてさて、殿は尻の重いことや」

相変わらずの腰の軽さで、自分で呼びに行くというのだろう。

友軌も静かに席を立った。宗牧の姿も見えないのだ。

離れの客殿から廊下を渡り、母屋へ入った。名前を呼ぶ、などということはしない。京から下ってきた連歌の宗匠一行である。万事雅《みやび》やかでなくてはならない。

「うわっ」

友軌はびっくりして、思わず声を挙げた。

横合いから腕を摑《つか》まれたのだ。

「ええ気合いやな」

平手政秀だった。何を思っているのか、にやりと笑った。友軌はわけもなくぞっとした。

「あの、宗匠を捜しておりまっさかい」

「宗匠どのにはちょっと用があってな。まあじき終わる頃やで、一緒に行ってまおか」

いやな予感がした。

だが宗牧はすぐに戻ってきた。足を引きずりながら歩く宗牧は、やや顔色が青ざめて見えた。

「大事あれへん。ちょっと霜台《そうだい》と話しておっただけや」

霜台とは織田信秀のことである。弾正台のことを唐土《もろこし》の呼び方で霜台という。そこから信秀の官名である弾正忠を霜台と呼んだだけである。京でなら鼻につくところだが、これくらいの衒学《げんがく》趣味は、田舎ではむしろ歓迎される。

宗牧は席に戻り、織田丹波守と喜多野右京亮との会話の中に入った。

あとひとりで連衆がそろう。友軌はまた文台の前にすわった。友軌はこの席で執筆《しゅひつ》をつとめることになる。

執筆の役目は、その座で詠まれた句を書き留めることだが、ただ書き留めるだけではなかった。宗匠を助けながら連衆の地位や力量を考えて句を催促する。連歌式目の定めに照らしてまずい句は返句するし、月や花の句が所定の位置にくるよう、しかるべき人に促すこともしなければならない。「その席の興あるも興なきも執筆次第」と言われるほど重要な役目だった。

友軌はこの役が好きだった。合戦の役にも立たず、野良仕事もすぐに投げ出してしまう自分だが、この役だけは誰にも負けないと思うのだ。

さらに小半刻ほどが過ぎた。

「中野掃部助殿、ご到着にござる」

広縁に平伏した若党が告げた。

平手政秀が目配せした。すると宗牧が立ち上がろうとした。

「どれ、久々に中野殿の尊顔を拝すかの」

迎えに行くという。友軌は肩を貸しながらおやと思った。織田丹波守や喜多野殿のときは姿も見せなかったのに、なぜ中野殿だけ迎えに出るのか。

表へ出てみると、大勢の供回りの者達に囲まれ、強ばった表情で立ち尽くしている者がいた。中野殿だった。

宗牧が声をかけると、中野殿は驚いたような表情を見せ、一転して緊張を解いた顔になった。

「おお、これは宗匠おんみずからお出ましで。痛み入り申す」

「さて、おなつかしいことや。まずはずっと入りなはれ」

「やっとかめでござる。宗匠に迎えられるとはもってぇにゃあことにござる。実は、本当に宗匠がみえとるのか心配して来たんやが。では御免してちょうでぇ」

中野殿は心の底から納得したという顔で上がってきた。宗牧は中野殿を導くようにして客殿へと誘った。

中野殿は二十人ばかりの家人を引き連れていた。合戦のさなかでもないのに、異様に厳重な警戒だった。

供の者がついてくるが、客殿へは入れない。母屋で待つように言われて信秀の家人と押し問答になっているのを尻目に、三人は客殿に着座した。

「あとはわが殿だけやな」

中野殿が座の真ん中に座り込むのを見届けると、平手政秀がつぶやいた。

「先ほどは脇句を付けるのに苦吟しておりゃあたが、さて、もうできやあたやろ」

平手がそういいながら席を立った。足音が遠ざかってゆく。

ふと、座に恐ろしいような静寂が訪れた。なぜかみな口を閉ざしている。

何気なく宗牧を見ると、微かに膝が震えている。どうしたのかと声をかけようとした。

その時だった。

中野殿の背後の杉戸が荒々しく引き開けられると、次の間から三人の武者が飛び出してきた。

「中野掃部助、覚悟！」

床を蹴る音が響き、幅広の白刃がぎらりと光った。白刃はそのまま中野殿の身体に吸い込まれていった。

「やはり謀《はか》りおったか！」

肩口に一刀を浴びた中野殿は、水をかけられた猫のように素早く立ち上がり、脇差を抜いて立ち向かおうとした。そこへ武者たちは、「美濃への内通、知れたぎゃ！」と叫んで左右から斬りかかった。

血飛沫《ちしぶき》が上がり、杉戸が赤黒く染まった。

あっけにとられて動けなかった友軌は、はっと気がついて横にいる宗牧を見た。ひっ担いで逃げなければ、と思った。

宗牧は床に這《は》い蹲《つくば》っていた。だが上目遣いに乱闘を窺うその表情は、さほど驚いているようには見えなかった。丹波守と喜多野殿もたじろがずにその場で脇差に手をかけている。

――宗匠は知っていなさる。

すぐに気がついた。すべて仕組まれているのだ。知らないのは友軌だけだったのだ。

中野殿は何度も斬りつけられながらも脇差で応戦し、広縁に逃れようとしていた。

その姿を見たとき、友軌は叫びそうになった。

あのときの情景が、まざまざと脳裏に甦ってきたのだ。

河原で敵に囲まれたとき……。

最初に味方の若党が、二本の槍で高股《たかもも》と喉を貫かれて倒れた。友軌と父は槍を構えていた。敵《かな》わぬまでも相手を一人でも倒してやろうとしたのだ。しかし野伏《のぶせ》りとみえたその一団の頭は狡猾《こうかつ》だった。

「具足と得物を差し出せば逃がしたるわ」

と言ったのだ。

うなりながらしばらく考えて、父は結局その申し出をのんだ。助けてやると言われて命が惜しくなったのだろう。

だが槍と具足を差し出すと、野伏りたちは本性をあらわした。逃がすどころか、人質として連れ去ろうと縛りあげにかかったのだ。

父は今の中野殿のように脇差を振り回して逃げようとした。だが囲まれて、左腕を斬り落とされてしまった。

その左腕が脇に控えていた友軌の足下に落ちたとき、友軌は頭が真っ白になった。それから後の記憶がない。気がついたときには褌《ふんどし》ひとつで川の中にいた。水に浸かった素足が、冷たいというより痛かったことだけ、鮮明に覚えている。

負け戦に救いはなく、若党も父も、髪の毛一筋ひろうことはできなかった。

それ以来、友軌はどうしても合戦に出られなくなってしまった。そのために領地も取り上げられ、やむなく京へ流れてきたのである。

武者の一人が庭へ逃れようとする中野殿の行く手をふさいだ。それでも中野殿は獣のような吼《ほ》え声をあげ、武者に向かって突っ込んでいった。

その身体は庭に達する前にひと揺れし、のけぞり加減になって止まった。棒立ちになったその背中から、血に濡れ光る刃が突き出ていた。

中野殿は咽《む》せたような喉声を発した。その右脇腹に別の刀が突き込まれた。さらにもうひとりの武者が中野殿を背後から斬りつけた。肩口を狙ったであろうその一撃はやや流れて、左腕を肘《ひじ》の上から斬り落とした。

足下に転がった左腕を、その武者は邪魔くさそうに蹴飛ばした。壁に張りつくようにしていた友軌の足下に、左腕がごろりと転がってきた。

「ひいいっ！」

笛を吹くような悲鳴を上げて、友軌は飛びあがった。

# 四

「南無天満大自在天神」と書かれた掛け軸が床の間にかかり、その右上手席に宗匠の宗牧、そのとなりに執筆の友軌がすわっている。座には香が焚《た》かれ、静まり返っていた。ここは平手の屋敷の客間である。

右手手前から織田丹波守、喜多野右京亮とならび、対する左手にはひとつ席が空き、次席には宗牧のせがれ、無為がすわっていた。平手政秀は端に控えている。那古野城での騒ぎから半刻もたっていない。だがあらかじめ平手の屋敷にも座の用意をしてあったので、連衆一同そろって城から移ってきた。いまや連歌興行をはじめるばかりである。

文台で墨をする友軌の手は震えている。

父の最期の光景が頭の中に何度も何度もよみがえってくる。忘れようとしても駄目だった。

父が殺されたあと数年のあいだ、抜き身の刀や槍を見るたびに、その場面が目の前に立ち上がってきた。最近、ようやく出てこなくなっていたのに、先刻の惨劇に触発されて再発したらしい。

友軌はとても一座の執筆をする気になれなかった。ほかの連衆にしても、連歌などという遊びをしている場合ではないはずだった。人ひとりが殺された直後なのである。

だが平手は平気で、「ひと仕事片づいたで、これから連歌や」と言ってのけた。

今ならわかる。朝の城内の騒がしさも、友軌と宗牧を一度客殿から遠ざけたのも、すべて暗殺の準備のためだったのだ。

顔色も変えずに人を殺す信秀や平手の冷血さに、友軌は心が凍りつく思いだった。そんな鬼のような者の許《もと》からは一刻も早く立ち去りたかった。

だが、そんなことができるわけもない。

座の雰囲気は異様である。

織田丹波守と喜多野右京の二人は極端に口数が少なくなっている。あるいは明日は我が身と思っているのかも知れない。

平手政秀だけは、それまでと変わりなく大声で話しかけてくる。

「殿はまだ来られんが、そろそろ時刻や。はじめよまいか」

平手が言った。すでに巳《み》の刻（午前十時）はとうにすぎ、午《うま》の刻（正午）に近い。

連歌一巻百韻を詠みきるには遅すぎるほどの時間だ。

「ほな、発句はご亭主の命によって、手前よりつかまつりまする。執筆は若輩やが友軌がつかまつりますよって、よろしゅう願いあげまする」

宗牧の声にしたがって、友軌はまだ震えの残っている手で懐紙四枚のうち二枚を折って折紙とした。残りの二枚は文台の硯箱《すずりばこ》の中に入れた。そして右端三分の一のあたりに賦《ふし》と書き、筆と紙とを両手で持ちそえて発句を待った。数えきれぬほど繰りかえした動作だけに、自然に身体が動く。

「色かえぬ」

宗牧がよく透る声で発句を詠みはじめた。

「色かえぬ」

友軌が応じ、宗牧はつづけた。

「世や雪の竹霜の松」

「色かえぬ世や雪の竹霜の松」

友軌は復唱して発句を請け取った。霜の降りた朝の情景を詠み込み、さらに霜台、つまり弾正忠信秀にもかけ、美濃での敗戦にも動揺しない織田信秀のことを「色かえぬ」と讃《たた》えている。目配りの行き届いた句作だった。

友軌は一礼して懐紙を持ちあげた。

必ず懐紙は手に持って書くことになっている。連衆に句が書き留められることを知らしめるためである。

発句を書き留めたあと、友軌はこれを二度詠みあげて披露した。ようやく震えがおさまってきた。

「では脇句はご亭主の平手殿に」

友軌はそう言って平手を見た。第二番目の句である脇句は興行の主催者である亭主がつけることになっている。この場合は屋敷の主である平手政秀である。執筆として当然のことを指摘し、促したつもりだった。

だが平手はあっさりと拒絶した。

「わしの屋敷での興行やが、これは座を貸したまでやで。やはり尾張の国で最初の興行や。弾正殿の脇句がふさわしいやろ」

平手は視線を右手にすわる二人に向けた。

すかさず喜多野殿が「そ、そうじゃ、それがええ」と賛成した。丹波殿も米搗《こめつ》きバッタのように叩頭《こうとう》している。

まさに信秀は虎だな、と友軌は思った。ここにはいない織田信秀の影が、一座に暗く重くのしかかっている。その意味では、この一座の亭主はたしかに織田信秀だった。

「ここに殿の句があるで。詠みあげるで請けとってちょう」

平手に言われて、友軌はしばし沈黙した。

脇句は発句に次いで重要な句である。この場にいない者が脇句をつけるのは、やや礼を失することと思われた。

だが指摘するのも恐ろしかった。句を詠んだのは、たった今、人を殺したばかりの男である。

「脇句は、やはり……」

そう言って宗牧を見た。連歌という小宇宙の神である宗匠に裁定してもらおうとした。

宗牧は目を閉じたまま何も言わない。

いくら天下一の名声を得ても、連歌師はしょせんは公界者——住処《すみか》を定めぬ流れ者——である。現世の実力者の前では無力だ。

友軌は小さくため息をついた。

うすうす気づいてはいた。もう一度卒中の発作がおこれば命はないと言われながら、宗牧が旅に出た本当の理由は、死に場所を探すためだと。

連歌師の多くは旅に死んでいる。地下《じげ》連歌の大宗といえる宗祇《そうぎ》は箱根で、宗牧の師の宗碩は長門《ながと》府中《ふちゅう》で、いずれも客死していた。卒中で倒れて先が長くないと悟った宗牧も、先達にならおうとしているのだろう。

そんな連歌師が、敵を打ち殺すことを生業としている、血に飢えた野獣のような国人たちに刃向かえるわけがない。

悲哀とも憤りともつかぬものが、友軌の胸を吹きすぎた。

「ええかな」

平手が不審そうな声を出した。

「は、いや」

友軌は姿勢を正した。宗匠がなにも言わない以上、先に進めなければならない。

「では、願いあげます」

そう言わざるを得ない。

「あやまたず、請けてちょう」

懐紙をのぞき込んでいた平手が目を上げ、友軌を見て念をおした。

目が合ったとき、友軌の胸に氷の針が刺さった。

――そういう目で見やるか。

その目は、平手たちにとっては、友軌はただの書き役にすぎない、と言っていた。自分たちの遊びを進めるためだけにここにいると見ている。友軌が連歌をどう考え、中野殿が討たれたことをどう思っているかなどいっさい眼中にない。そういう目だった。

――ようわかった。

腹がかたまった。自分でも不思議なくらい闘争心が湧いてきた。

信秀が脇句をつけるのはいい。だがまずい句だったらすかさず指摘してやろう。

――檀那方には連歌は遊びや。けどわしにとっては違うんや。連歌の席がわしの戦場や。ここからはもう逃げるわけにはいかんのや。

平手をにらみ返すと、「願います」と友軌は句をうながした。

# 第二話　竜宮の太刀

## 一

太刀箱からでてきたのは、錦の袋だった。

紅梅《こうばい》を基調として萌葱《もえぎ》、紫、縹《はなだ》、浅緑《あさみどり》など色とりどりに織りなされたその派手な袋を、高浜丹後守は頭上におしいただいた。

たっぷり時間をかけて拝んでから錦の袋の口紐《くちひも》をといた。中から出てきたのはまた別の錦の袋だった。その袋の口紐をとくと、さらに藍染《あいぞ》めの袋がでてきた。

——十二単《じゅうにひとえ》やあるまいに。

友軌は胸のうちでつぶやいた。

ここは伊勢国は桑名《くわな》の近く、高浜という在所を領する国人《こくじん》、高浜丹後守義光《よしみつ》の館である。

母屋の三間四方の広間に、高浜の同名衆《どうみょうしゅう》など十二名がつめかけている。末座にいる小柄な友軌は、伸びあがるようにしなければ高浜丹後の手許が見えない。藍染めの袋をあける。いよいよと思いきや、今度は白絹の袋がでてきた。膝立ちしていた友軌は前にのめりそうになった。

師の宗牧はといえば、せがれの無為とともに最前列にすわって、のぞき込むように熱心に見入っている。

尾張で織田信秀に献金御礼の女房奉書を手渡したあと、信秀から答礼の返書を託されたので、数日前に一旦、桑名へもどってきたところだった。

桑名から鈴鹿《すずか》の知り合いまで友軌が一走りして、信秀の返書を京の長橋局まで届けるよう依頼した。そのあいだ宗牧は旧知の国人と連歌会を興行していた。そこに来合わせたのが、今日の宿主である高浜丹後である。

初顔の高浜丹後は、ぜひわが館で連歌興行を、と宗牧に懇望した。

その時すでに宗牧は、中浦兵部《なかうらひょうぶ》という国人の館へ寄る約束をしていた。だが高浜丹後が、どうしてもわが館へ先に来てくれと言いはり、さっさと中浦兵部の館へ断りの使者を出してしまった。

何とも強引な話だったが、宗牧は素直に馬首をめぐらした。理由のひとつがこれだった。

「わが家は俵藤太《たわらのとうだ》の末裔《まつえい》でござってな」

連歌会の席で、高浜丹後は言ったそうだ。

「それゆえ、竜宮の王から授かった太刀を伝来しており申す。明日、その箱をあけるゆえ、後学のためにぜひご覧《ろう》じろ」

その言葉に宗牧は大いに興味をそそられたらしい。

俵藤太の話なら友軌も知っている。

――剛勇ならびなき俵藤太という若者が、琵琶湖の湖底に住む竜宮の一族に頼まれて、三上山の化け物のような大ムカデを退治した。その褒美《ほうび》に竜宮の王から、黄金造りの鎧と太刀、それに鐘を賜った。鐘は三井寺《みいでら》に寄進し、鎧と太刀は家宝にした。

といった物語である。

絵巻物の、恐ろしげな化け物ムカデに矢を射る俵藤太の絵まで、友軌は思い出すことができる。

その竜宮の王から賜ったという太刀が、目の前にあるのだ。

しかし、友軌はそのほうはあまり興味がなかった。むしろ館の構えが気になっていた。

――ええ檀那になると見たんやが。ちょっとあてはずれやなあ。

宗牧一行がここに寄ったもうひとつの理由は、新しい檀那の開拓である。

連歌師が食っていくためには、檀那がたに連歌を教え、その代償に食べ物や銭を報謝してもらわねばならない。

そのためにも京にばかりいるわけにはいかず、田舎の檀那をめぐる旅にでる必要があった。裕福な檀那こそ連歌師の命綱なのだ。

功成り名遂げた宗牧自身はもういいが、若い友軌や宗牧のせがれで後継者の無為には、檀那の数は切実な問題だった。桑名で話を聞いているかぎりでは高浜は相当な分《ぶ》限者《げんしゃ》と聞こえた。新しい檀那がむこうからやって来たのである。二つ返事で招きに応ずるのも当然だった。

その館は台地の南東斜面にある。

館に仕える家人《けにん》の小屋が周囲をとりまいているが、その茅屋《ぼうおく》からは一段高く、外周には幅三尺ほどの溝と土塀がめぐらせてある。台地の森蔭に抱えられるようにして建つのは、大屋根の母屋と遠侍《とおさぶらい》、小者長屋に蔵、それに厩《うまや》である。

台地の上には砦《とりで》があるのか、櫓らしい建物と土塁が見える。

外見はまずまずだが、館の中には茶室も湯屋も見あたらない。今すわっている広間の畳も古くて毳立《けばだ》ち、どうひいき目に見ても裕福とはいえないようだ。

さらに気になるのは、館を取り巻く家人の小屋がふたつ焼け落ちていて、黒焦げの残骸をさらしていることだ。敵から攻め込まれて火をかけられたのだろう。あまり勢力の強い国人ではないらしい。これでは帰りに餞別《せんべつ》も出ないだろう。

そんなことを考えているうちに、高浜丹後はようやく袋から太刀を取りだした。

鞘《さや》は朱だが、青金《かぶとがね》から柄間《つかあい》、渡巻《わたりまき》にいたるまで黄金色の、黄金造りの太刀である。

「これでござる」

「これでござるか」

宗牧は高浜丹後から太刀を手渡されて感嘆の声をあげている。

「代々伝わる宝でござるゆえ、滅多な者には見せぬのやが」

と言う高浜丹後は、髪がいくらか白くなりかけた四十路《よそじ》のさえない男である。

「この太刀によって、合戦で幾たび虎口《ここう》を逃れたことか。わが家が今日あるは、この太刀のおかげでござる」

やや垂れ気味の目、えらの張ったのっぺりした顔からは、剛勇という印象はどこからもわいてこない。さほど身体も大きくない。本当にこの人の先祖は五人張りの強弓を引いたのだろうかと、物語の内容を疑いたくなるくらいだった。

「では」

宗牧から太刀を受けとると、高浜丹後はすらり、と引き抜いた。

おお、と小さなどよめきが起こった。

刃渡りは、今どきの打刀よりかなり長い。二尺七寸ほどか。反《そ》りも小さく、切先が両刃造になっている。なるほど古い造りだ。手入れは行き届いているとみえて、高浜丹後がゆっくりと取り回すと、刀身がぎらりと光った。

その瞬間、友軌はぎくりとし、動悸を覚えた。

「あかん」

小声で言って座をはずした。

やはりまだ駄目なようだ。太刀の外観だけならいいが、抜き身となると話は別だ。ぎらぎらした刃を見て、つい戦場の忌まわしい出来事を思い出してしまった。

左腕を斬り落とされた父、その父の苦悶の叫び声。ころがってきた左腕。

なにかきっかけがあると、闇の中からあの光景が忍びでてきて、友軌の身体と心を麻《ま》痺《ひ》させてしまう。京の暮らしのなかでしばらく忘れていたのに、那古野城の惨劇を見て復活してしまった。

庭に出て、動悸がおさまるのを待った。

――これをなんとかせんと、ひとり立ちもできんな。

わかってはいるが、どうにもならない。

外は風が強く、襟《えり》や袖口から身を切るような寒気が忍び込んできた。西の空を見あげると、屏風《びょうぶ》のような鈴鹿の山なみの上に黒い雲がかかっていた。今日は閏《うるう》十一月朔日《ついたち》。また雪になるかもしれない。

「もうし」

間近で呼びかけられて驚いた。

振り向くと、長身の若者が立っていた。

「連歌の方とお見受け申す」

「いかにも。なにか」

見りゃわかるだろうが、と言いたいところだった。萌葱の地に朽葉色の括《くく》り染めを浮かせた小袖を着て、長く伸ばした髪を背中に垂らすという派手ななりをした男が、こんな田舎に住んでいるはずがない。

「実はお願いの節がござって」

「ああ、御息男であらしゃるか」

やっと思い出した。昨夜、酒宴の席で紹介されたのだった。高浜丹後の嫡男で、たしか孫太郎《まごたろう》という名前だった。

「いや、昨晩は馳走にあずかり、かたじけのうござる。家宝も拝見にあずかり、眼福この上もないことでござる」

檀那筋と見た途端に愛想が口から流れ出るのは、連歌師の性《さが》というべきか。

「いや、その」

孫太郎は目をくりくりとさせている。素直な性質と見た。

「明日の連歌興行が心配で。つたない句を詠んで恥をさらさなええがと。なにせ連衆《れんじゅ》に入れていただくのは初めてやし」

「ほう」

孫太郎を頭から足の先まで見直した。

背は高いが、細身で骨柄は華奢《きやしゃ》だった。母親似なのか顔は中高《なかだか》でまつげが長く、気品が感じられた。あと五、六年もすればすっかり男臭くなるのだろうが、今はまだ少年の殻を脱ぎきっていない。元服して間もないという青さが匂ってくる。これで十六、七歳か。

自分の十七歳のころとくらべて、友軌はため息をつきたくなった。十七歳のときに……いや、思い出したくない。

「連歌は初めてと申されるが、和歌はなさるので」

「古今、新古今など、ちょっと」

「源氏と伊勢は」

「いや、まだ」

それでは連歌の面白味は味わえない。

「でも」

孫太郎ははにかむ表情を見せて言った。

「歌は好きで。特に旅の歌が。歌を口ずさんでは、旅に出た気になるんや」

「名にしおわばいざ言《こと》とわん都鳥《みやこどり》」

「わが思う人はありやなしやと」

即座に下の句が返ってきた。

友軌は思わず孫太郎に微笑みかけた。孫太郎もぎこちない笑いを返してきた。

「それだけ出来れば、恥をかくことなどおへん。なに、連歌の法度《はっと》など、これから師匠が講釈しはるで、それを聞いておれば十分やがな」

明日の連歌興行の前に、高浜一族に宗牧が連歌の心得を講釈することになっている。

「ところでお父上は、どれほど連歌をたしなまれてはるので。何分、われら当地は初めての見参《けんざん》ゆえ、勝手がわかりまへん」

「父は昔は年に一度は伊藤殿の連歌会に出てはったようやけど、近頃はとんと出てへん」

「近頃はやってはらへんので。ほう。一族の方で連歌をなさるのは」

「それも……。なにしろ俵藤太の末孫が自慢やで、武張ったことばかり好きで」

少し引っ掛かる。ではどうしてわざわざ宗牧の一行を館に呼んだのだろうか。

連歌師一行を自分の館に呼ぶとなれば、結構な費用がかかる。一行の滞在費はもちろん、次の宿までの旅費を持たせなければならない。連歌師一行だけでなく、近在の一族を呼び集めて宴会をする費用も馬鹿にならない。

「なに、あの竜宮の太刀を自慢したいんやろ。親爺《おやじ》の自慢はあれだけやによって」

友軌の胸中を察したか、孫太郎が謎解きをしてくれた。

それなら話はわかるが、連歌に興味がないのではいい檀那にはならない。三河へ渡るのを遅らせてまで、わざわざ寄ることもなかったではないか。

――宗匠も物好きやで。

ふりまわされる友軌にはいい迷惑だった。

二

「いやあ、連歌とはむずかしいもんでござるな。ただ歌を詠むだけでもしんどうござるに、前の句をうけて新しい心境を開くとは、たいへんなことでござるわ」

「おまけに月の句をどこに入れるとか花の句がいくつないとあかんとか、いろいろ法度がござろう。しかも幽玄で、長高《たけたか》く、ときては、はやお手上げじゃわ」

友軌は高浜の一族という藤右衛門と吉次郎に囲まれていた。朝のうちに竜宮の太刀を拝見し、午後は宗牧が連歌の心得を講釈した。それから夕餉《ゆうげ》を兼ねた酒宴になったのだが、すでに座はかなりの乱れようだった。

「要は楽しめばよいのでござる。日頃は一銭を惜しむようなけちんぼが雄大な句を詠んだり、豪傑面した者が女々しい句を作ったりと、いろいろ面白いことがござってな」

友軌もほろほろと心地よく酔っているから、適当に調子を合わせている。

「月だ花だというのはわれらにお任せあれ。ちゃんと座が運ぶように取り持つのも、われらの仕事でござれば。連衆はただ素直に句作を楽しんでいただくのがようござる」

五七五と七七の句を交互に百句連ねるのが連歌である。ある連衆が春の小川の流れゆくさまを詠めば、次の連衆はそこに咲き誇る梅を添える。さらに鶯《うぐいす》が鳴き、霞《かすみ》がなびく里の様子がうたわれる、といったように、うまくゆけば句を詠みすすむうちに自然と流れができて、連衆の心の中にその場かぎりの小宇宙を形作ることになる。

それこそ連歌の楽しみであり、連歌の決まり事というのは、小宇宙をつくるための道しるべといえた。

とはいえその決まり事がやたら多い。去嫌《さりきら》いといって句留めの字に制限があったり、春秋の句は三句以上五句まで、夏冬旅の句は三句までしかつづけてはならないなど、初心者にはとても覚えられないほどある。

別に意地悪をしているのではない。なにしろ百句も詠むので、そういう制限をもうけないと同じような句がつづいたり、間をおいて何度も出てきたりして感興をさますのである。この決まり事に触れるのを指合《さしあい》があるといい、指合のある句は請けとってもらえない。

だが初心者はそんなことを気にせず、詠みたいように詠めばよい、と友軌は言うのだ。

「そやけど師匠の発句、あの境地を心の底において句を作るんでござろ。どういう境地でござるか」

「それは……」

友軌は返事につまった。

降《ふり》わたす雪は山鳥の尾上《おのえ》かな

というのが宗牧の発句である。今日の講釈のおわりに知らせておいたものだ。昼前から雪が降りはじめ、吹雪《ふぶき》になった。その雪が飛んでくる情景を詠んだものである。一座の宗匠は連衆を小宇宙にみちびく指導者である。発句は小宇宙への入り口であり、その日の主題を示すものだが、この連中にそんなことを言ってもわかってもらえそうにない。

「気にせずに、まずはとにかく一句でも二句でも詠むこと、これが肝心でござる」

「そうや。連歌など簡単なもんや」

一段と大きな蛮声が降ってきて、友軌は思わず声の方を見た。

「五七に整えて、それらしゅう詠めばまず優劣などわかるものでないわ。なあ、旅の方」

赤い顔で酒臭い息を吐きながら言うのは、高浜丹後の弟で高浜修理《しゅり》と名乗る男である。

「われらが一統は俵藤太の血を引く者として、武芸の家柄や。連歌なぞ、つきあいが出来ればそれでええのや。侍が歌じゃ、文じゃなど大騒ぎすることはないわ」

丹後守と瓜二つの顔でそうのたまう。一族の中では頭立《かしらだ》つ者なのか、藤右衛門と吉次郎はかしこまって静かにうなずいている。

「わぬしは連歌詠みか。普段から連歌を詠んで暮らしとるのか」

「さようで。明日の興行には執筆をつかまつる」

「ええ暮らしやな。歌をもてあそんで食っていけるか」

「筆より重いものは持てぬ性分にて」

「これは言うわ。刀など持たぬとな」

高浜修理はわざとらしい豪傑笑いをした。酒癖のよくない男らしい。

「わしらのように誇るべき家柄もなく、槍を振り回す力もないとなれば、連歌でも詠むしかあらへんか」

無礼な言い方だ。だがここで喧嘩するようでは連歌師ではない。

連歌師ならば、嫌な男でも当意即妙の受け答えで煙に巻いてしまわなければならない。

といってそう簡単に面白い受け答えはでてこない。友軌が考え込んでいる間に、高浜修理はぷいと座を立ってしまった。あれあれとその姿を追うと、宗牧と高浜丹後が話し込んでいる席へ加わり、なにやらむずかしい顔で談じはじめた。

――嫌な奴や。それにしても……。

呼ばれたから来たのに、まるで好意が感じられない。なぜだろうか。

三

次の日の一座は、さんざんな出来だった。

すでに外は暗い。陽が落ちてからでも一刻以上はすぎている。

疲れ切った顔の連衆が七人、燭台のゆらめく灯の下にすわっている。

文台にすわる友軌も心底疲れ切っていた。

たりせえへん。

──誰でもいいから、挙句《あげく》（最後の句）を詠んでくれ。どんな恐ろしい句でも返し
そんな気持ちで座を見渡して句を催促しようとしたが、誰も視線を合わせようとしない。うつむいて畳の目を数えているか、座禅のように目を瞑《つぶ》っているか、隣の者とひそひそ話をしているかだ。

亭主の高浜丹後など、宗匠の宗牧の前でこっくりこっくりと舟をこいでいる。孫太郎だけはきちんとすわっているが、一番若い連衆に挙句を詠ませるわけにもいかない。

辰《たつ》の刻（午前八時）からはじまった連歌興行は、ようやく九十九句まで来ていた。

ここまでくるのは、並大抵のことではなかった。高浜側の出席者は、みな連歌はおろか、和歌すらろくに作ったことがない者ばかりだった。普通は檀那衆ばかりでなく、在所の連歌師が座に入ってとりなしをするのだが、それもいなかった。

高浜側からぽつり、ぽつりと出てくる句も、指合があったり感興を醒《さ》ます凡句だったりして、返す、つまり採用できない句ばかりだった。

だからといって宗匠の宗牧や執筆の友軌、客人である無為ばかりが句を出すわけにもいかない。

詠まれた句は、懐紙四枚を横半分に折った表裏に書かれてゆく決まりである。一枚目を一の折または初折、以下二の折、三の折とつづいて、最後の四枚目を四の折または名残《なごり》の折という。

一の折の表と名残の折の裏には八句、ほかは表裏それぞれ十四句を書いてゆく。

午の刻（正午）を過ぎても、一の折の表がおわらない――つまり百句のうち七句しか詠まれていない――事態に、宗牧もさすがに焦りはじめた。

当初はていねいに指合を説明して句を返していたのが、凡句であろうが軽い指合があろうがどんどん請けとるようになった。それでも三の折の裏が埋まったときには暗くなっていた。名残の折は、焦りと責任感に押されて、ほとんど宗牧側の者が詠んだ。

若い無為も、くたびれたのか背を丸めてうつむき加減になっており、友軌の合図に首を振って拒否してきた。

友軌はやむなく自分で詠むことにした。

浜の真砂《まさご》の尽きぬぞめでたき

亭主の高浜にかけて、浜の真砂のように繁栄を、と詠った。挙句に字余りは嫌うものだが、かまうものか。宗匠も何も言わない。

この挙句を二度、めでたく唱え終わると、おうっというざわめきが起こった。次いで誰からともなく拍手が湧いた。

「いやあ、これが連歌でござるか」

「なんとも骨の折れるものや。戦でもこれほど疲れぬものや」

「もう、一生分の頭を使ってしもたわ」

高浜側の連衆はみな、大きく伸びをしたりあくびをしたりと、急に生き生きとしはじめた。やっと苦役から解放されたといった按配だ。

——今日はあかん。

まったく無駄な一日だった。

気持ちを切り替え、騒然とした中で友軌は句挙げにかかった。一の折から名残の折まで四枚の懐紙に書かれた百の句を、連衆別に数えあげるのである。

数えおわって、なるほどなと思った。一番句数が多いのは孫太郎だった。十四句も入っている。句も、荒削りだが上品で、はっとする鋭さを持ったものがある。

——ええ才覚を持ったあるわ。

初めてでこの出来とは、昨日、歌が好きだと言っただけのことはある。もう少し勉強すれば、いい連衆になるだろう。

他の高浜同名衆には、見るべきものがない。

高浜修理は四句、藤右衛門と吉次郎はそれぞれ三句。亭主の高浜丹後はたった二句。亭主がつけるべき脇句（第二句）は当然として、ほかには一句だけだ。興行の間中、いらいらと貧乏揺すりをし、つまらなそうな顔をしていた。連歌への熱意など、小指の先ほども感じられなかった。

そんなに嫌なら、無理してわれら一行を呼ぶこともなかっただろうに、と思う。

句挙げを終わると、一の折から名残の折までの四枚の懐紙を重ねて揃え、右端に錐《きり》で穴を開けた。そこに水引を通して結んだ。ついで筆をとり、名残の折の裏に連衆の名と句数を、一の折の表に今日の日付を書いた。

これで終わりだ。

「いや、さすが天下一の宗匠の御興行、堪能《たんのう》つかまつった。では夕餉《ゆうげ》や。こうござれ」

高浜丹後が眠そうな目でのたもうた。何を堪能しはったのやろ、と友軌は思う。

席を変えて、酒宴がはじまった。

「孫太郎殿は筋がええ」

ひとり張り切っていた孫太郎を、友軌はほめた。

「特に、二の折で宗匠の花の句に付けた句、あれはええ」

「そんな、まぐれでござる」

孫太郎は恥ずかしそうにしている。友軌はしみじみと言った。

「付句の執成《とりな》しが巧み、というのは稽古《けいこ》して会得《えとく》するものや。孫太郎殿の句作は、執成しの技巧といったらまだまだや。しかし一句だけ取り出してみると、これが光ってなはる。目と耳がするどいのや。それで句が繊細でたおやかに仕上がりなさるんやろな」

一座が終わってほっとしたこともあり、誉め言葉が止めどなくなってきた。

「古今だけやのうて、伊勢や源氏の古典、歌も拾遺集あたりまで学ばれたらええ。連歌師として食っていけるようにならはるわ」

「本当でござるか」

孫太郎の声が大きくなった。

「連歌師やったら、毎日、古今集を読んだり句を作って暮らしていけるんやな」

目を輝かせて友軌に対した。

「そして旅をして、行く先々で興行して」

いいながら友軌ににじり寄ってくる。

「そんなええもんやないけどな」

と、逆に友軌の声は小さくなる。

「檀那の機嫌もとらならんし」

実力があっても、檀那がいなくては連歌師として立てない。逆に、ろくでもない句しか詠めなくても、裕福な檀那がつけば連歌師という顔をしていられる。だがそんな幸運は、まずそこらに落ちてはいない。

「どんな稽古をすればええのやろ。教えてくだされ。連歌師になるには、どうしたらええのや」

孫太郎の顔は真剣そのものだ。

「我殿は高浜の家を継ぐのでござろ」

ちょっと言いすぎたかと、友軌はひるんだ。

「こんな由緒ある家を継げるなんぞ、果報このうえないわ。大切にせな」

それは本音だった。

友軌も、何ごともなければ十二貫文の小さな所領を継いで、地侍として一生を終わるはずだった。

だが負け戦のあと所領も失い、身ひとつで京に流れて行かざるを得なくなった。十七歳でのことだった。

だからつい、当時の自分と同じ年回りの孫太郎にひとこと言いたくなるのだ。

「家なんぞ」

孫太郎はむっとした顔になった。

「俵藤太の末孫といっても、今の世では通じることやない。腕がすべての世の中や。由緒ある家系といっても、来年も続いているかどうかわからへん。こんな家なんぞ……」

「孫太郎殿！」

鋭い声が飛んできた。友軌がびくっとしたほどだから、名前を呼ばれた孫太郎はもっと驚いたに違いない。

「なにをつまらぬことを」

ずいと寄ってきたのは、高浜修理である。

「さっきから聞いておれば連歌師になりたいだの、家が明日にはつぶれるだの、惣領の言うことではございませんぞ」

怖い顔で叱りつけている。孫太郎は言い返しはしないが、じっと睨《にら》み返している。

「連歌師などは明日の飯が食えるかどうかも分からぬ身やわ。乞食と同じや。そんな者に身を落とす気でござるか」

「乞食とは……」

失礼な、と言おうとした。当たっていなくもないが。

だが寸前で思いとどまった。ここで喧嘩をしては連歌師失格である。

「へへ、乞食とはまたお愛想で」

と笑いを浮かべて言った。

「見渡せば銭も黄金もなかりけり浦の苫屋《とまや》の冬の夕暮れ、ってところでござるか」

「なんじゃそれは」

高浜修理は眉根を寄せて不快そうな顔をした。からかわれたことはわかっても、意味が通じていないのだろう。

毒気を抜かれたのか、言うだけのことは言ったのか、高浜修理は座を立って行ってしまった。

「定家《ていか》、でござるな。秋の歌や」

孫太郎が微笑みながら言う。

そこからまた孫太郎と問答になった。誰の歌が好きか。どこがいいのか。歌の稽古はどうするべきか。

「そらもう、いつも頭の中で歌を作るんやな。たとえば今やったら、源氏の雨夜の品定めを思い出して、一首作るとか」

自分でもぞっとしない譬《たと》えだと思う。だがそういうことを始終やっているのは本当だ。

そのとき、上座の光景が目に入った。

師の宗牧にべったりと張り付くような姿勢で、高浜丹後が話しかけている。その反対側には高浜修理がいる。ふたりで挟《はさ》み撃ちにして、いやがる宗牧に脅《おど》しをかけているようにも見える。

宗牧は左足が不自由だ。あれでは厠《かわや》へ逃げることも出来まい。

助けに行こうとした。だが、そばに息子の無為がいるのに気がついて、思い直した。窮屈なら無為に言うだろう。

「せやから、一に稽古、二に稽古や。もちろん、稽古してもあかん人もいてはる。花の美しさ、荒れた浜の侘《わび》しさが見えぬお人もぎょうさんいてはる」

目を孫太郎に戻して話を続けた。

「せやけど、こちの方は、そないなことあれへん。ちゃんと歌を作れる……」

突然、何をしはる、という宗牧の悲鳴のような声が聞こえた。高浜丹後と高浜修理が、ふたりがかりで宗牧の腕を捻《ね》じ上げている。

「宗匠！」

友軌は立ちあがった。

「わあ、宗匠になにしはるねんな」

友軌は駆け寄り、高浜丹後の背中につかみかかった。しかし肘《ひじ》打ちの一撃でたちまち床に転がされた。

一座のみなが立ちあがり、器の割れる音が響いた。給仕の女が悲鳴をあげた。

「はなせ。天下の宗匠に手ぇかける気か」

友軌はすぐに起きあがって高浜修理にむしゃぶりついた。

「邪魔するんやねえ」

肘と足でまた突き転ばされた。

「宗匠殿とせがれ殿を北の間へお連れ申せ。あとの者は長屋へ放り込め！」

高浜丹後の命令で、家人や一族の者が動く。友軌は吉次郎に腕を後ろにねじ曲げられ、母屋から離れた小者長屋の空き部屋まで引っ立てられた。

「なんの真似や。わしらを脅しても一文も出んぞ」

荒縄で後ろ手に縛られながら、友軌は毒づいた。吉次郎は応えず、ただ黙々と手を動かしている。

長屋の一部屋に、友軌は押し込められた。

「おとなしゅうしてたら、手荒なことはせんが、逃げようとしたら斬るでな」

吉次郎が言い捨てて、入り口を閉めた。

友軌は部屋の中を見回した。

長屋の中央の一間らしく、床は板敷きで左右は土壁、窓は蔀戸《しとみど》がひとつだけ。その隙間から細く月明かりが漏れていて、かろうじてものの形が見える。隙間風がひどく、寒い。

入り口の外には見張りの者が頑張っているようだ。逃げようと思えば蔀戸から出られるだろうが、後ろ手に縛られていては遠くへは行けそうもない。それに、ここは土塀と溝に囲まれた館の中である。門を出る前に見つかるだろう。

「しゃあない。宗匠が何とかしてくれはるやろ」

なぜ捕らえられたのか、わけがわからない。逃げるべきなのかどうかも判然としない。

そのまま夜がすぎていった。

# 四

いつの間にか眠っていたようだ。

不思議とすっきりと寝られた。こんな目に遭うとまたあの忌まわしい記憶がよみがえって来はしないかと怖れたが、そんなことはなかった。あつかいは手荒いが、あまり暴力の気配が感じられなかったせいだろう。

雀《すずめ》の声がする。蔀戸の隙間からはくっきりと朝の陽が差し込んでいる。それだけではない。入り口の外に何人かの足音がする。

「ここで待っとれ」

高浜修理の声だ。友軌は跳ね起きた。

「起きろ」

高浜修理が入ってきて言った。

やれ解放されたかと思いきや、出してくれるのではなかった。

「おお、若様」

宗牧のせがれの無為が入ってきた。これも後ろ手に縛られている。

「ま、二、三日ゆっくりしてござれ。悪いようにはせんで」

高浜修理がのんびりとした声で言って、出ていった。

「これはどうしたことでござるか」

年下とはいえ主筋の無為を奥にあげて訊くと、まだ二十歳前の若者は小首を傾げながら、ぼそぼそと話し出した。

「誓紙をとってこいと言うのや」

「誓紙？　何の誓紙で」

「次に寄るのは中浦兵部少輔の館やろ。どうもそことこの家は鉾《ほこ》を交じえおってな」

戦国の今の世の中、珍しくもない話だ。

「それで親爺にな、中浦が悪行を構えて領地を侵しおる、けしからんことやさかい、中浦へ行ったら高浜の領地は侵しまへんと書いた誓紙をとってこいと言うのや」

「なんでそんなことを」

「どうも勢いが違うらしゅうて。こちらは人数の百も集められへんのに、中浦は二百も三百も集められるんやて。中浦はもとは高浜の被官やったそうや。主筋をしのぐ勢いになったのでさえけしからんのに、その上に弓まで引くとは、と怒っておるんや。

先日も足軽が押し掛けてきて、家人の小屋に火をかけたって」

来たときに見たあの焼け跡は中浦のせいだった。高浜は中浦に圧倒されているのだ。

「だからって、それを宗匠に言うのは無茶や」

「そや、無茶やろ。うちの親爺と何の関係もあらへんがな。当然、親爺は断ったわな。そしたらせがれは預かる、誓紙をとってきたら返す、とこうや」

唖然《あぜん》とした。そんな馬鹿な話があるかいな。

「それで、宗匠は承知なさったんで」

「やむをえんがな」

しばらくは何も頭に浮かばなかったが、次第にむらむらと怒りがこみあげてきた。

「ここは俵藤太の子孫で、武芸自慢の家って話でござった。さてもさても戯《ざ》れ言《ごと》の好きな家と見え申すな」

「そうやそうや」

表では威張っておきながら、裏では卑劣な手を使うのか。弱い犬ほどよく吠えるというが……。

「それで宗匠は、誓紙をとってくるつもりで行かはったんどっしゃろか」

「まあ、承知して行ったけど」

友軌は少し安心した。

「それならじっと待てばようござる。宗匠がせがれと弟子を捨てはるはずあらへんさかい」

敵対する相手方から誓紙を取るのは至難の業だろう。素人目にはとても無理だと思えるが、そこは檀那扱いに長けた宗匠、成算があるのに違いない。天下一の宗匠ならそのくらいの器量はあってしかるべきだ。友軌はそう考えてひとり納得した。

「でも」

と無為はもじもじしている。

「親爺は小声で言いよった。わしは先に行ってるで、わぬしら自分で抜け出して来いって」

「ふえ？」

「そのくらいの機転がきかんようでは、一人前の連歌師になれんて」

はあ、とため息をつくしかなかった。

そのまま一日がすぎた。食事のときと、手洗いのときだけは縄を解いてくれるが、あとはずっと縛られたままだ。

入り口にはずっと見張りがついている。一、二刻ごとに交替して、注意を緩めない。

友軌は壁をにらんでじっと考え込んでいる。

やがてあたりが薄暗くなった。

「夕餉にござる」

入ってきたのは孫太郎だった。給仕の小女に運ばせた折敷《おしき》を二つ、板の間に置かせると、二人の縄をといてくれた。

「申し訳ないことやが、親爺の命令やで我慢してくだされ」

友軌は痺《しび》れた手首を揉みながら、折敷に向かった。

「今夜は亥《い》の刻（午後十時）までわしが見張番や。連歌のことなど、教えてくだされ」

孫太郎は無邪気な顔で言う。

友軌はうなずいた。そう、これを待っていた。

胸の内はおさえて、愛想たっぷりに微笑みながら孫太郎に対した。

「さてさて、退屈しておったところや。おおせの通り、今夜は語り明かそうぞ」

「もったいないことや」

ここが腕の見せ所だと思った。友軌は連歌師の日常を、おもしろおかしく語った。

「三条西殿の屋敷で連歌興行がござって」

京にあるときの連歌師の檀那は、公家か武家である。

「趣向をこらした一座でな、座の真ん中には雪で富士山をかたどり、その天辺《てっぺん》からは香の煙がたなびいてござった。その炉は飛鳥井《あすかい》殿から拝借したものでな」

名だたる公家たちの連歌会のようすを語ってやると、孫太郎はぽかんと口を開けて聞いている。

「三条西殿といえば当代一の学者や。そんなお方ともつきあいなされるんや」

むろん友軌は座に加わったわけではない。宗牧の供の者として控えの間で待っていただけである。だがそんなことは言わない。

「近衛殿からは、源氏物語の御本を新調するにあたって校合を頼まれておって、月に一度はお屋敷にお邪魔したものでござるが、御不調でお沙汰《さた》もなかなかで……」

「源氏物語か、さぞ華麗なものやろなあ」

孫太郎は尊敬の表情を見せた。

歌や文物に興味がある者には、京の公家との交わりは、あこがれの世界である。近衛、三条西、飛鳥井などの名家と友達付き合いをする友軌が、次第にまぶしいものに見えてきたのだろう。

「しかし勉強は厳しいものや。われら連歌師を目指す若衆は、互いに寄合を持ってな、源氏を読んではそれぞれの場面が思い浮かぶような言葉を拾って、書き出すような修練を積むのでござる。そんなことで言葉を覚えないと、句を付けるのに難渋するのや」

孫太郎の顔が輝く。

「なるほど、そんな稽古を。弓矢の稽古より、よほど面白そうな稽古や」

「京には仲間が大勢ござれば」

「われらなど、京に上るのも、さて、一生に一度あるかないか」

くやしそうな顔をする。そろそろ切り出してみるか。

「どうでござる。入門なさる気はござらんか」

「え？」

「宗匠の弟子になるのや。天下一の宗匠の弟子でござるぞ」

「まさか。たわむれを言わっせる」

「なかなか。我殿は句作りについては天骨を得てござる。連歌というも和歌というも、修練を積めば誰しもそれなりの境地に達するものやが、人より秀でるには生まれながらの才覚が必要や。我殿はそれをお持ちや」

孫太郎は照れくさそうな顔をしている。まだまだか。

「いやほんまや。宗匠もそう言うてはった。あれこそ歌詠みの才覚を持つものぞ、と」

小声でさらに押すと、孫太郎が急にまじめな顔つきになった。

「宗匠がそう言いなさったんで」

「おうとも。若様に訊いてみなされ」

「本当でござるか」

「ほんまや。親爺が言うた。弟子にしたいが、名誉の家の惣領息子ではあかんな、と」

無為があうんの呼吸で加勢する。孫太郎は今度は腕を組み、下を向いてしまった。

「無茶でござろ。なにしろ俵藤太の末孫や。家を捨てるわけには参らんわ」

「左様やな。残念なことや、あたら世にも希な才覚を」

「俵藤太の家におわせば」

「親爺の落胆する顔が見えるようやわ」

友軌と無為は目で合図を交わしながら懸命の掛け合いを続ける。

下を向いたままの孫太郎がぽつりと言った。

「家など、わしがおらずとも弟が継ぐわ」

「ほう、しかし家を捨てる決意がおできになるかな」

孫太郎は顔をあげ、友軌をにらんだ。

「もし本当に家を捨てると言ったら？」

「それがしが責任を持って推挙いたすわ」

友軌はさらに畳み掛ける。

「なあ、宗匠の若様もここにおられる。一緒に頼んでいただけるそうや。ともに旅をしようやないか」

無為もうなずく。「友軌の言う通りや」

「そう出来りゃええけど」

孫太郎の顔が赤くなっている。盛んに唇を舐《な》め、膝を揺らしている。

「今だけや」

孫太郎に顔をつけんばかりにして、友軌は食い下がった。

「われらがここを去れば、もう二度と会うこともあらへんやろ。今や今。今決めなされ。ともに行く、とな」

ああ、と孫太郎が頭を抱えて突っ伏した。友軌と無為は目配せをした。

「よし！」

頭を上げたとき、孫太郎の唇は震えていた。

「わしはこの家を捨てる。宗匠に弟子入りする。仲間にしてくだされ」

「おうおう、よう決意なされた」

「これで連歌の上手がひとりできたわ。連歌道の隆盛、疑いなし！」

無為も叫んだ。

躍《おど》りあがりたい気持ちをおさえて、友軌は渋い表情をつくった。

「ならばわれらをここから出してくだされ」

さっそく要求すると、孫太郎はきょとんとしている。

「宗匠殿は戻って来られるのでは」

「いや、高浜殿から申しつけられたは難しい仕事やで、いつ戻って来られるか知れん。十日かかるか、一月かかるか。それより、われらが馳せ付ければ、宗匠の手間も省け申す」

む、と孫太郎が迷った顔になった。ここがヤマだ。友軌は考える暇を与えない。

「弟子になるつもりなら、ここは一番、手柄をみやげになされ。若様を逃がしてさしあげれば、これにまさる手柄はござらんぞ」

「でも、どうすれば。わしは亥の刻で交替やし、この長屋を抜け出ても門番はおるし」

孫太郎は無邪気な若者の顔に戻った。

「そこは考えたある。こうなされ」

考えていた方法を、友軌は若者に教えた。

一番鶏が鳴いた。まだ真っ暗だ。友軌は横になってじっと待っていた。あの若者、ちゃんと教えたとおりにやるだろうか。

「曲者《くせもの》やーっ。起きやれ。起きやれ！」

母屋のほうで叫び声がした。

「はじまったようですな」

友軌と無為は顔を見合わせてうなずいた。

「盗人や！　探せ。盗人が逃げたぞ」

「みな起きろ。起きて追いかけろ」

荒々しい声が聞こえ、次第に足音が多くなってゆく。みな駆け足だ。

「ここはええ。わぬしも探しに行け」

長屋の外で孫太郎の声がした。

「な、なにが起きたんで」

うろたえた見張りの小者の声が聞こえる。

「竜宮の太刀が盗まれたんや」

「ひえっ」

「盗人は濠《ほり》を越えて逃げた。まだ遠くへは行っておらん。すぐに追いかけるんや」

「へ、へえ」

走り去る足音が小さくなる。入り口の筵《むしろ》が上がって、孫太郎が入ってきた。

「すまんな」

後ろ手に縛った縄を解いてもらう。

「図星や。親爺の慌てようといったら、かわいそうなくらいや。震えとった」

跡継ぎとして、孫太郎だけは竜宮の太刀に近づくことを許されているという。だからこっそりと盗み出すこともできた。

「もう家もしまいや、いうてへたり込んで、今にも死にそうやわ」

主がそんなだから、館の中は大混乱らしい。

「裏門の潜《くぐ》り戸が開けてあるで、そこから砦の脇の山を登りなされ。山を越えたら東へ行けば街道が見えるはずや」

「わかった。じゃ、三日後に湊《みなと》でな」

別れの言葉もそこそこに、友軌と無為は走り出した。

## 五

三日後、中浦兵部の館で連歌興行を終えた宗牧主従は、伊勢湾対岸の知多《ちた》へ渡るために桑名の湊にいた。

ここから知多の大野《おおの》へは七里の渡しだという。中浦兵部のせがれ彦次郎をはじめとして、見送りの人数は十数騎。海賊が出るとかで、警固の侍も乗り組むという。

北風が冷たい。粉雪が灰色の海原を飛んでゆく。

湊では風待ちで、小さな庵《いおり》に案内され、そこで酒を振る舞われた。

——来るかな。

友軌の脳裏に高浜孫太郎の若い顔が浮かぶ。気になって酒も味わえない。

──怒るだろうな。

来ても、もちろん一緒に連れてゆくわけにはいかない。これから京で託された書状を届けに行かねばならない。岡崎と小田原、そしてそのあとは、白河の関まで行くことになる。

その土地の檀那の屋敷に泊まりを重ねるのに、芸もない若者を伴って食わせてもらうことはできない。

断らねばならないのだが、孫太郎が聞き入れるかどうか。だまされたと怒って刀を振り回すかもしれない。

刀、と思い出してぞっとした。おそらく抜き身の太刀がぎらりと光ってこちらに向かってきたところで、友軌は足がすくんで動けなくなってしまうだろう。

中浦の衆は高浜と敵対しているから、警固を頼めば応じてくれるにちがいない。頼み方によっては、喜んで孫太郎を叩き斬ってくれるかもしれない。とはいえ、それも気が進まない。

宗牧にも相談したが、笑って相手にしてくれない。あのせがれはそれほど阿呆に見えぬ、というのだ。

「高浜家の跡取りやぞ。城も領地もあるに、それをすててやな、食えるかどうかもわからん連歌師の弟子になるか？　そんなん、世にもまれな阿呆のすることや。あのせがれも一時は無茶なことをしたが、間をおけば冷静になるやろ。家を捨てはせんわ」

宗牧に言われてみると、孫太郎がここへ来るなどあり得ないように思える。だがあの夜の思い詰めた表情からすると、あやつは世にもまれな阿呆ではないかとも思えてくる。

思い悩んでいると、舟の支度を見てくるように言われた。友軌は庵をでた。

途端、どきりとしてその場に立ちすくんだ。

長身の若者が立っていた。

「やあ、探し申したで。何とか間に合《お》うたようにござるな」

孫太郎の顔が緩み、白い歯がこぼれた。疑いを知らない、無垢《むく》な笑顔がそこにあった。肩には大きな包みをかつぎ、足ははばきで固めてある。旅支度は万全だ。

友軌は力なく笑いを返した。なんと言ったらいいのだろうか。

「あのな、実はな……」

力のない笑みを浮かべながら、友軌は後ずさりした。

「高浜の若どの」

友軌の言葉をさえぎるようにそう声をかけたのは、庵の中の宗牧だった。

宗匠だと気づいた孫太郎は、緊張した面《おも》もちで挨拶しようとした。それもさえぎって宗牧は言った。

「うちの若い衆が世話になったようやな。話は聞き申した。礼を申し上げる。こちへござれ」

孫太郎が庵の中へ消える前に、宗牧の隣にいる無為が、まかせておけという顔をした。

友軌は北風の吹く浜辺で待った。

半刻も待っただろうか。三人が出てきた。

孫太郎は硬い表情をしている。宗匠となにかひとことふたこと話していたが、慌ただしく礼をすると、浜を走り出した。

帰ってゆくではないか。

なんと、うまく説得したらしい。

孫太郎は少し走ってから足を緩めたが、ついに振り向かずにそのまま歩き去った。

声を掛けようかと友軌は迷ったが、大きく手を振る背中が怒っているようで、結局何も言えなかった。

茫然《ぼうぜん》としていると、無為が声をかけてきた。

「今から帰れば明るいうちに着くそうや。竜宮の太刀の盗人を追いかけてきたことにすりゃ、深くは詮索されんやろ」

宗匠父子は、ちゃんと考えていたのだ。

「えろうお手数をかけてしもうて」

と頭をかくと、

「もうちょっと跡を濁さん逃げ方はなかったんかいな」

と宗匠に叱られた。そりゃないわ、と思ったが、口には出せない。

「で、何と言って諦めさせたんでござるか」

「家に火をかけて来い、と言うたった」

「は？」

「家を捨てただけでは駄目や、家に火をかけて焼き払って、頼るところがのうなってから来いと言うたんや。どこにも逃げ場がないくらいやないと、連歌師にはなれんとな。それくらい厳しいもんやと」

ずいぶん乱暴な話だった。しかしそれは嘘でも誇張でもない。友軌は十七歳で親と所領を失った。失っていなければ、連歌師を目指したりはしなかった。

「約束が違うと怒り出しよったが、家に火をつけるとは言わなんだ。結局、帰りよった」

こともなげに言う宗匠に、友軌はただ黙ってうなずくだけだった。

そのうちに風がやんだ。船頭の案内で一行は舟に乗り込んだ。

空は寒々とした灰色の雲におおわれていた。濃緑色の海原に白い波頭があらわれては消えている。岸には見送りの人たちが馬を並べていた。

舫綱《もやいづな》を解き、舟が岸を離れた。

宗牧父子は渡海の珍しさに浮かれ、舟べりで声高に話している。

友軌は浮かれる気分になれなかった。膝を抱えて舟底にすわり込んだ。その姿で、振り返りもせずに去った孫太郎のことを思い、あの年頃の自分のことを思い出していた。

十七歳の時、友軌は故郷を捨て、京を目指して淀川べりをひとり歩いた。関所で関銭をとられ、道中で追い剝《おは》ぎにあい、それこそ身ひとつで京に着いた。寄る辺を失い、自信もなく、世の中すべてに対しておびえきっていた。連歌しかすがるものがなかった。

孫太郎はどうか。

継ぐべき家も領地もある。食うに困ることはないが、家は勢力を失い、他の国人に圧倒されていて、家を継いで領主となっても、合戦に負ければ領地どころか首まで取られかねない。連歌師になりたいと思う孫太郎の気持ちの底に、そんな家の事情を厭《いと》う気持ちがあったにちがいない。

捨てることと逃げることはちがう。孫太郎がすべてを捨てて連歌一本にかける気持ちでいるのでなく、傾きかけた家から逃げるために連歌をやりたがっていると、宗牧の目には映ったのだろう。

友軌は合戦に負けてすべてを失ったために連歌師への道を得たが、孫太郎は持てるがゆえに連歌師への道を踏み出せなかったということだ。

頭を上げて桑名のほうを見た。遠ざかる黒い岸と灰色の空の向こうで、孫太郎が館へと急いでいるはずだった。

しかし十年もすれば案外に、と友軌は思う。孫太郎も先祖のような豪傑となって、あの竜宮の太刀を手に周辺の国人を斬り従えているかもしれない。そのとき、連歌師になりたいと思ったことなど笑い話になっているだろう。そうなればいいと思う。

孫太郎の気品のある顔を思い浮かべ、実際には言えなかった別れの言葉を口の中でつぶやいた。

# 第三話　たぎつ瀬の

## 一

うら枯れの野山の秋や更けぬらん

詠んだ老人は皺《しわ》の深い口許をきっと結び、顔を紅潮させている。かなり自信のある句とみえる。

前の句がきりぎりすを詠んだのをうけて、秋の句を続けてきた。句そのものは秀句というほどでもないが、前句としっかり寄合って、新しい詩境にいたっている。

これは持って行かれたな、と友軌は思った。

一座の宗匠をつとめる地元の連歌師、憲斎《けんさい》も、

「面白い御句にござりまするな。頂戴つかまつる」

と認めた。途端、ううむ、とうなるような声と、はあ、という脱力のため息が座に満ちた。

「うら枯れ、と来《き》んさったか」

「どこかで聞いたようや」

「いや、結構な御句にござる」

上座にすわる宗牧のひとことに、老人は大仰に頭をさげた。

「では、頂戴した御句にございまする」

懐紙に書き留めた句を、執筆がもう一度高く細い声で詠みあげた。

——どうも尻がかゆうなるなあ。

次の句を考えながら、友軌は文台のほうも気になって仕方がない。

執筆は若い娘だった。

女が連衆に加わるのは珍しい。ましてまだ嫁入り前の娘が執筆をつとめるというのは、友軌も初めて見た。

最初のうちは面白い趣向だと鼻先で嗤《わら》っていた。小娘に、連歌数寄者《すき》があつまる一

座での執筆がつとまるわけがない、と思っていた。

だがなんと、堂々とさばいているではないか。

娘の名は千代という。

平板な丸い顔は十人並みの器量だが、色白で丸い目に、えもいわれぬ愛嬌がある。薄い唇に紅を点《さ》し、縹《はなだ》の地に紅葉を浮かせた小袖を着た姿は、一座の華やかな彩りとなっている。

「そら、憲斎殿の一人娘やで、ちゃっけえ（小さい）頃から仕込んだるわ。近頃はどの席にも連れて歩いとらっせるでなあ。連衆たちも憲斎殿よりあの娘見たさに一座に呼ぶようなもんでの」

顔見知りの本庄《ほんじょう》一竹斎《いっちくさい》にそう聞かされて納得はしたが、それにしてもそつがない。

――あかん。次の句を考えな。

友軌は千代に向けていた視線を無理やり引きはがして、膝元の懐紙へ落とした。

昨日、この尾張国は知多の大野《おおの》についた。

その夜は在所一帯を支配する本庄一族の大野城でもてなされ、翌朝辰の刻（午前八時）から、城の向かいにある慈覚寺で連歌の一座を興行した。城主をはじめ、国人本庄一族の主立つ者が総出の厳粛なものだった。

当然、宗牧が宗匠を、友軌が執筆をつとめた。

無事に百韻を詠みおえて城主らが帰ってから、今度は連歌の本当の数寄者が集まって、もう一座をということになった。それがこの席である。

居並ぶ連衆たちはみな宗牧の旧知だし、友軌が知っている者もいる。中でも本庄一竹斎は本家の隠居という身分にもかかわらず、大野の湊に着いた宗牧を真っ先に出迎えにきた。連歌には目がないし、それだけに腕に覚えもある。

知った者同士の気楽さで、軽い緊張感をたたえながらも、ときに軽口の応酬もまじえて、練れた秀句が飛び交っていた。

さらに賭物《かけもの》としてみなが相当の物を出し合った。脇差、茶入れ、歌書、扇子……。入選した句数の多い者がその賭物を独り占めすることになっていたから、最初から熱の入った興行になった。

くだけた席ゆえに宗牧は宗匠の座を憲斎に譲っている。連衆としてみなと同じ位置で句を詠むのである。

友軌も執筆の文台を下りて、ひとりの連衆として参加している。京の連歌師の卵としては田舎の連歌数寄者には負けられないし、賭物もほしい。

――これであの老人は八つか。

友軌の頭の中には連衆全員の入句数が入っている。今のところ頭は宗牧の十。友軌は二位の九。あとは本庄一竹斎とあの老人が八で続き、宗牧の息子無為が六、ほかの連衆はせいぜい三、四句だった。

友軌としてはうかうかしていられない。すでに三の折の裏に入っている。早く頭を切り換えて、次の付句を考えねばならない。

慈覚寺の本堂は方三間の十八畳敷だった。そこに連衆が十人、それぞれの句帳や筆立て、茶菓子などを置き散らかして、頰を膨《ふく》らませたり額に皺を寄せたりと、真剣な表情で考え詰めていた。

天下の宗匠との興行で頭《とう》になる名誉と、床の間に飾られてある賞品のふたつ狙いで、必死に付句を考えているのだろう。

これこそ連歌の本当の楽しさだ、と友軌は思う。

「ならば、こうつかまつる」

早くも付句が出た。

「朝風さむき萩の上露《うわつゆ》」

千代が復唱する。萩だから秋である。野山から庭へと場面を移し、時間も朝に限定して新しい光景を描いている。句そのものはまずまずの出来か。しかし。

――引っかかったわ。

と友軌は腹の中でにんまりとした。

果たして、一呼吸おいてから千代は、

「ただいまの御句、秋の六句目やに」

と小声で憲斎に言っている。

「お聞きの通り指合《さしあい》があるゆえ、この御句は、お請けいたしかねまする」

と憲斎は返してきた。

連歌では、春秋の句は三句から五句まで続けてよい、とされており、六句以上は禁じられている。輪廻《りんね》といって、同じ詩境が続くのを嫌うのである。禁を犯すと指合とされて句を返される。ここには雑の句をもってこなくてはならない。

「ありゃー、しもうた」

詠んだ者は頭を掻《か》いている。

「では、こうもあろうかな」

今度は向かいの席の老人が声をあげた。白雲斎といって、本庄の一族である。

「草の庵に星ぞきらめく」

季は秋ではない。前句の野山を受けて草の庵と、まずまず句境を受け継いでいる。

よさそうにみえる。しかし星はまずい。連歌にかけては百戦錬磨の友軌には、すぐにぴんと来た。

千代は作法通り復唱してから懐紙を見ている。小さくうなずいて、四句前に、と憲斎に告げた。それを聞いて憲斎は言った。

「ただいまの御句、夜分の句が四句前にござれば、お請けいたしかねまする」

「なんと、これはしたり」

白雲斎は怒ったような顔になった。

夜分の句は五句隔《へだ》つべきこと、と連歌式目にある。

しばらく句が出なくなった。

「なかなか難句のようにござるな。ではちょっとご無礼して」

憲斎は席を立った。手水《ちょうず》でも使うのか。見回せば、あたりは暗くなりかけている。

「ではひとつつかまつる」

友軌が声をあげると、執筆の千代が会釈《えしやく》した。心を吸い取られるような微笑だった。

心の臓がひとつ大きく打った。何かが胸の底に入り込んだような気がした。

一拍子、間があいた。はっと気づいて、あわてて詠んだ。

「ゆっ、行く人もなし、た、玉鉾《たまぼこ》の道っ」

おもわず口ごもって、一座の失笑をかってしまった。

恥ずかしさで赤くなりながら、友軌はなんとも言いがたい昂揚《こうよう》を感じていた。

――なんやこれは……。

千代は控えの紙にさらさらと書き留めて憲斎のもどりを待っている。宗匠がいないので、入句するかどうか決められないのだ。

指合はないはずだった。季は雑であるし、隔つべき句でもない。句の内容も、寂しい秋の情景を受けて、旅の情景へと転換している。まずまずの出来だと自負していた。

憲斎が席にもどると、千代は友軌の句をきれいな声で詠みあげた。

「面白い御句にござりまするな。誰があそばされたんで」

憲斎の問いに千代が「友軌殿で」と応える。

ほう、と言って憲斎は一呼吸おいた。

「ならば返しなされ。これは」

瞬間、友軌は殺気だった。なぜ返されるのか。指合はないはずだ。

「指合はござらんが、道理に叶《かな》ってござらんわ。行く人もなけらな、誰が詠めるんやろ。これは無理な句や。句の遅い御方ならまだしも、友軌殿ともあろうものがこれでは不足やろて」

ほとんどこじつけではないか。

「ちと直して請けたらいかがやろか。そう悪い句でもないよって」

宗牧が助け船を出してくれた。

友軌は少し考えて、「行く人まれな玉鉾の道」と直した。憲斎はうけとってくれたが、嘲《あざけ》るような目を送ってきた。

——なんやこいつ。喧嘩売る気か。

昂揚していた気分を抑えられて、友軌はむっとした。千代の前で恥をかかされたような気もして、腹立ちは倍加する。

その間にも連歌はすすむ。気持ちをおさえて、友軌は句を入れることにつとめた。

名残の折に入った。あと二、三句入れれば、宗匠を押しのけて頭になれるだろう。一句くらいの差なら宗匠が譲ってくれるかもしれない。

「それがし、でき申した」

友軌が申し出ると、千代はまた花のような会釈を返してきたが、友軌の顔を見るとくすっと笑った。さっきの詠みぶりを思い出したのだろう。友軌は顔に血が上るのを感じた。

「て、手枕ちかき雪を踏む音」

いささか逆上しながら詠み上げた。

前句が「年越して冬籠もりしや絶え果てて」である。指合はないはずだ。

「ふむ、なるほど」

憲斎は口をへの字にして天井をにらんでいる。やがて薄笑いを浮かべて言った。

「三句目で打越《うちこし》やなあ。惜しいが指合がござるで、いただくわけにいかんがね」

うっと友軌は詰まった。三句目の打越とは前々句と内容が似通っているということだ。連歌は堂々巡りを嫌うから、それも指合となる。

もちろん友軌もそんなことはわかっている。だが前々句は「寒き窓辺に残る埋《うず》み火」である。これが似ているだろうか。

とはいえ宗匠に口答えは禁物である。友軌は引き下がらざるを得ない。

そうしているうちに白雲斎がものにしてしまった。

――やりやがったな。

小さなことだが、はっきりとした悪意を感じた。田舎の連歌師は始末に悪い。

友軌ら宗牧一行は行く先々で門人や旧知の田舎連歌師の世話になる。宿の確保や、馬や舟の手配を頼むのである。天下一の宗匠だから、田舎連歌師は喜んで世話をする。

だが尊敬の念を持たれるのは宗牧と息子の無為までで、弟子の友軌はむしろ嫉妬の目で見られがちだった。そして時に実力を試そうとしたり、陰湿ないやがらせを仕掛けてくる。憲斎もその口だろう。

友軌は唇を嚙んだ。

終わってみると、白雲斎が驚異的な追いあげで十五句を入れて頭となっていた。

賭物は老人のひとりじめである。一人ほくそ笑む白雲斎にかたちばかりの祝いの言葉をかけて、みな帰り支度をはじめた。

「今日の御句はようござりまえた」

「え、もったいのうござりまする。なに、またお呼びくださんしょ」

散会となって帰ってゆく連衆ひとりひとりに、卑屈なほどへりくだった挨拶をしているのは憲斎である。

――見苦しい奴や。

どうも父親のほうは好きになれない。

句帳などを片づけて見送りに寺を出ると、すでにあたりは真っ暗だった。上弦の月が南の空高くにある。友軌たちは今夜はこの寺に泊まることになっている。

「もうし」

後ろから声がかかった。

「あの、お気を悪くしやさへん？」

千代だった。丸い大きな目がじっと友軌を見つめている。

「父のさばきぶりがなんやら意地悪うて、見とってもはらはらしとったの。お気を悪うせんといてね」

そう言って小首を傾げ、にっこりと笑いかけてきた。

「いやいや、お気遣いのう。連歌の席は戦場と同じと心得とりますさかい、叩かれようが斬られようが、それをどうこうっちゅうことは……」

近くで見ると、千代はやはり可憐だ。友軌はどぎまぎして何を言っているのかわからなくなった。

「ならええんやけど。ほしたら、またね」

千代は軽く頭を下げると、今度は隣にいた無為に話しはじめた。話しぶりが友軌に向かうのと違って甘えたようななれなれしさだった。

——かなわんな。

友軌がいたたまれなくなって離れると、無為もついてきた。

「遠慮せいでも。ふたりにしとくに」

「いや、話は終わったで」

千代は何か訴えたそうな顔でこちらを見ていたが、「行くぞ」という憲斎老人の声に踵《きびす》を返して闇に消えていった。

二

「いや、珍しいおなごでおました。あれ、ほんまに憲斎殿の娘でござるか」

「そうや。子供の育つんは早いもんや」

宗牧、無為の父子と友軌の主従三人で遅い夜食の膳を囲んでいた。友軌の問いに、飯に汁をかけながら宗牧が答えた。

「けど、随分遅い子で」

「憲斎はんがこっちに居を定めたんが四十すぎやろ。それから嫁はんをもろたんやさかい、十五、六でおかしないわ」

千代が十五だというのに、憲斎老人は六十前後にみえた。孫といってもおかしくない年の離れ方だった。

「田舎で連歌師の家を張るのも難しいもんやで。ようやっとるわ」

憲斎老人は宗牧より年上で、宗長師や宗碩師とも面識があるという。

「友軌は初めてやったかな」

「へえ。先年尾張に来たときには、ここまで廻りまへなんだによって。挨拶くらいはしとくんやった」

そういって焼麩《やきふ》をかじった。

「そうや。愛想ようしとかな。大事なんは檀那だけやあらへんで」

「あんなかわいい娘がおると知っとったら、押し掛けてでも挨拶しとくんやった」

主従三人は声を忍ばせて笑った。

「明日は石川殿の屋敷で興行か。その次は」

飯を食い終えた宗牧が話題を変えた。

「へえ、常滑《とこなめ》の水野殿のところへ、大野衆ともども押し掛けて興行でござる」

水野監物《けんもつ》が大野衆と一座を持ちたいというのには、政治的な意味がある。一緒に連歌を詠み、腹を割ったつき合いをすることで、隣の有力国人と連帯を深めるという狙いだ。

「また大一座になるな。さばきがやっかいなことや」

国人同士の大一座となれば、宗匠の気苦労は並大抵のものではない。

宗牧はしきりに鳩尾《みずおち》のあたりを気にしている。持病の中気には心労もいけないというが、さりとて宗匠の座を降りるわけにもいかない。

「さて、寝《い》ぬるか」

宗牧はあてがわれた部屋へ去った。途端に無為が意味深な笑みを投げてきた。

「友軌はん、今宵、どうするんや」

「へえ、ぜひとも……。寝物語なんぞしてみとう思いますな」

「ほな、気いつけて。あの家は寂しいとこにあるさかいな」

友軌の気持ちも知らずに、無為はあっさりと言った。

一服してから、友軌は宗牧から命じられていた仕事をはじめた。これまでの旅で檀那方からもらった餞別を荷造りし、京へ上る人に言づてするのだ。

餞別は銭や金が多かったが、他に扇子や衣類などもあった。これをまとめて油紙や風呂敷で厳重につつんだ。送り先は京にのこしてきた宗牧の妻子である。宗牧には無為のほかに小さな娘があった。

考えてみれば、憲斎ばかりが年の離れた子を持っているわけではない。宗牧だって五十を過ぎてから幼子をもうけている。

連歌師は檀那の機嫌をとって、その報謝で暮らしている。気楽なようだが、半年後、一年後どころか明日の食い扶持すら稼げるかどうかわからない。ただ、うまくいけば年とともに懇意の檀那も多くなり、それなりに暮らしは安定する。そこで妻をめとることになるが、天下一の宗匠となって功成り名遂げた宗牧ですら、その時にはもう四十近かった。

——まだ連歌師ですらないわしの将来はどうなるのやろ。

そんなことをぼんやりと考えながらも手を動かして、荷造りは終わった。

友軌は千代の顔を思い浮かべた。暖かい思いで胸がふくらんだ。

もう少ししたら、出掛けよう。

三

寺を出て十数軒の家並みを抜けると、もうそこは野原だった。

月も沈みかけている。無為から聞いたとおりに、とぼしい明かりを頼りに黒くうずくまる小山へと向かった。その距離、五町ほどだろうか。

冬の夜道だが、寒さは気にならなかった。これから起こることへの期待で、自然と足早になった。

友軌が生まれ育った和泉の村では、若衆であれば誰でも夜這《よば》いをしてよく、相手は夫のある身でなければ、娘であろうが後家さんであろうが問題はなかった。

生まれて初めて夜這いした先は、その村の後家さんだった。面倒見がいいという評判で、とくに若衆組に入りたての十五、六の若者達に人気があった。

もちろん夜這いをかける前に、それとなく言い交わしておく習慣になってはいた。しかし、いつ行っても拒まない娘もいて、まずまず大らかなものだった。

連歌師の卵として諸国を巡るうちに、夜這いの習慣にもいろいろあることを知った。旅人には夜這いを認めていない村、逆に旅人にこそ優先権があるという村、夫のある女でも夜這いのできる村、さまざまだった。

この村は、どうやら旅人歓迎のクチのようだった。それは昨夜、無為が千代に夜這いをかけて、すっきりした顔で朝帰りしてきたことでもわかった。

「誘いをかけたらな、うつむいて答えへんのや。でも嬉しそうな顔はしてた。それで家を聞いたら、ちゃんと教えるんや。こら行ったらな、と思てな」

と無為は得意顔で言ったのだ。

「はじめは身体を堅うしとったで。でも口を吸うてやったら溶けだしてな」

無為は二代目で将来を約束されているし、父に似て背も高く、押し出しもいい。十九歳と若くもある。女子《おなご》に人気があるのは無理もなかった。京でもよく遊んでいた。名声も身分もなく、小柄で頭ばかり大きい友軌には、もともと無為と張り合おうという気はない。所詮、世界が違うと思っている。

だが千代のことは別だった。

無為が千代に夜這いをかけたことに、はっきりと胸苦しいほどの怒りを覚えている。なぜ自分でなくて無為が、という筋道の通らない怒りだ。

これが嫉妬というものだろうか。

千代から今夜忍んでいいという約束は取りつけられなかったが、夕方の様子なら大丈夫だろう。無為に負けてなるものか。

——これをなんと詠めばええのやろ。古今の恋歌にあったなあ。こうやろか。


たぎつ瀬のはやき心をなにしかも　人目つつみのせきとどむらん

竹藪《たけやぶ》の脇の坂道を登った。小山の裾を巻くようについている坂道の先に藁葺《わらぶ》きの家があった。百姓家の納屋《なや》ほどしかない。貧しげな家だった。

無為に教わったように、小石を蔀戸にぶつけた。もうひとつ。それが合図で、千代が出てくるはずだった。

じっと待ったが、千代は出てこない。

また小石をふたつ、蔀戸にぶつけた。二十数えるほど待ったが、返事がない。

三度目でようやく家の中から物音がした。そして表の戸が細く開いた。

「誰ぞ?」

千代の声だった。眠っていて起こされた、という声ではない。これはうまくいくかもしれない、と期待に胸の鼓動が高まったとき、千代がうれしそうに言った。

「無為さん?」

友軌は膝を折りかけた。何と返事していいのかわからず、黙り込んだ。

「無為さんやないの? 返事せんなら、閉めるでね。いたずらせんといてちょーでえ」

「わし、わしや」

思い切って声をだした。ここまで来てなにも言わずには帰れない。

「誰ぞ?」

「友軌と申す、旅の者にて候」

おどけて言う声が震えているのが、我ながら情けない。

千代の動きが止まった。

友軌は息を呑んで出方を待った。一呼吸するほどの間が、ひどく長く感じられた。

これでは、まずい。

いっそ今すぐ抱きしめてしまうか。そうだ、それがいい。

戸をこじ開けて跳びかかろうと決心したとき、

「帰ってちょうでぇ」

その声とともに戸が荒々しく閉じられた。

友軌はしばらく無言でその場に佇《たたず》んでいた。だが見つめていても戸は開かない。

それまでは感じなかった寒さが背から袖口から忍び込んできた。鼻がむずむずして、大きなくしゃみが出た。

肩を落として去るしかなかった。

——これでは歌にならんやないか。

むしゃくしゃして坂道の石を蹴飛ばすと、野犬が吠えかかってきた。

# 四

「では、それがし、つかまつる」

石川左衛門尉《さえもんのじょう》が声をあげる。

文台にすわる友軌は会釈して句をうながした。

「初霜おりたる笹のさびしさ」

復唱して請けとると、宗匠をつとめる宗牧を見た。

「よき御句でござりまするな」

宗牧は言う。平凡で感興もなく、よい句とも言えないが、指合はない。

友軌は二の折の懐紙を目の高さに持って、この句を書き留めた。

石川左衛門尉の屋敷は、大野城の外郭にあって出城のような形になっていた。そのため一重ではあるが濠と土塁に囲まれ、櫓《やぐら》もあがっている。

今、連歌を興行しているのは屋敷の主殿である。板敷なので円座をしいているが、それでも尻が寒い。連衆は十二人で、石川左衛門尉とその家人のほかは昨日と大差ない。

千代は来ているものの、連衆には加わっていない。憲斎の側にすわって、おとなしく見ている。昨夜のことなど、何もなかったというように友軌を見向きもしない。

「声に覇気があらへん。何かあったんかいな」

宗牧がそっと訊く。

「すんまへん。ちょっと身体がだるうて」

「顔、赤いな。風邪でもひいたんか」

「ちょっとだるいだけどす」

実はちょっとどころではなかった。喉が痛くて頭が重い。

「夜遊びも大概にせんと」

そう言われると承伏しかねるものがある。本当に夜遊びした結果の風邪なら自業自得と観念もするが、昨夜はただ寒い夜道を半刻かけて往復しただけである。どうにも腹の虫がおさまらない。

「こうつかまつる」

という声は憲斎である。今日は連衆として参加している。友軌は物憂い目を憲斎の方に向けた。

「白妙《しろたえ》の浜辺の松に鶴鳴きて」

句を請けとってぼんやりと懐紙をながめた。

とくに指合はなさそうだ。

それでは打越は……。

「前々句との打越がござるようで」

と宗牧にささやいた。前々句は「風強き雁《かり》鳴く里にひとりねて」である。鶴が鳴くと雁が鳴く。類似している。三句目の打越だ。

「ただいまの御句、三句目でござれば請けとりかね申す」

憲斎は眉間に皺を寄せたが、宗匠には逆らえない。ざまをみやがれ、と友軌は胸の内で呟《つぶや》いた。

さらに進んで、二の折の裏で憲斎が句を詠んだ。これは遠輪廻《とおりんね》だといって請けとらなかった。三の折の表でも、付け合いになっていないと難癖をつけて返した。

次第に頭がぼうっとしてきた。熱が上がっているようだ。

名残の折も裏になった。また憲斎が句を詠んだが、これには隔《へだ》つべき句の指合があった。指摘されると憲斎は怖い顔をした。句を入れようと焦るから、普段はやらない指合をおかしてしまうのだ。

挙句を友軌が詠んで、百韻を詠み終えた。句挙げをすると、憲斎は四句しか入っていなかった。惨憺《さんたん》たる成績である。

「連歌式目は、このごろ変わったんでござるかな」

そう言っているのは憲斎である。

「とんと聞いておらんが、そうでなけらな得心の行かん指合があったでな」

「なに、応安新式以来、式目は変わってはござらん。ただ、尾張と京とでは細かいところで違いがあるかもしれまへんな。とくに京では公家の檀那方がやかましゅうて、厳格に指合を問われてござるによって」

宗牧が応じている。天下一の宗匠にそう言われればそれ以上、文句は付けられない。憲斎は顎《あご》に梅干しを作って横を向いた。

席を立つとき、ふと千代と目があった。すぐに千代のほうが目を伏せたが、友軌はちょっと心が乱れた。

「感心せん執筆ぶりやな」

憲斎が友軌のそばに来て嫌みを言う。

「執筆は座を盛りあげなあかせんに、今日の執筆は座を冷やしてござった。近ごろ京では、そんな執筆がはやりかのう」

「へえ、京では指合のある句を詠む連歌師はそうそうおらんよって、今日のような席は調子が狂ってござるわ。そやで、盛りあげるまで気がまわらんで……」

へらず口を叩いていると、みるみる憲斎の顔色が変わった。

「指合のある句を詠む連歌師とは誰のことを言っとるんや。返答によってはただでおかんぞ！」

今にも脇差に手をかけかねない勢いだった。友軌はびっくりして一歩後ずさりした。

「憲斎はん、何を大声出してなはるんや。檀那様の屋敷やで。粗相があってはこれからの出入りに差し障りがあるやろ。気ぃ鎮めや」

宗牧がたしなめる。千代が泣きそうな顔で憲斎の袖をつかんでいる。

「おとう、こらえなあかんに」

「うるせえ。小娘はだまっとれ」

真っ赤な顔をして手先を震わせている。友軌は恐ろしくなって、さらに一歩下がった。

「さあ、指合のある句を詠む連歌師とは誰のことや、言え。言わぬか。ええ！」

「憲斎はん。いい加減にしいや」

宗牧と無為が間に入った。なにごとかとほかの連衆も集まってくる。憲斎の目が怯《おび》えたように激しく動いた。

「小僧、憶えとれ」

憲斎は捨てぜりふを残して、千代に引っ張られて外へ出ていった。

「へ、娘への意趣返しを親爺にしたんでっか。友軌はんも底意地の悪いとこ、おますな」

無為が茶々を入れる。

「憲斎はんも大人げないことやが、こりゃ友軌！　わぬしは先達《せんだつ》に向かってなんちゅう口の利き方や。それでは旅に出ても先々でかわいがってもらえんぞ」

熱でぼうっとした頭に、宗牧の小言が響く。もうどうにでもなれ、と友軌は頭の隅で思った。

五

その夜、友軌は夕餉もとらずに床についた。

悪寒《おかん》がして身体が震えた。だが頭の中はいろいろな思念が飛び交って、なかなか寝付けなかった。

憲斎にひどいことをしてしまったと思う。

京の宗匠を迎えての連歌会といえば、田舎の連歌師にとってはめったにない晴れ舞台である。

将軍や公家たちとも交わりのある天下一の宗匠を先導し、世話を焼き、檀那がたとの間を取り持つのである。それ以後は檀那がたの見る目が違ってくるはずだった。

宗牧のほうでもそのあたりは十分にわきまえており、田舎連歌師を持ち上げるような演出をすることもあった。

たとえば、伊勢の連歌師で眼阿《がんあ》という者がいた。鈴鹿峠を越えてから桑名に到る道中で一行が世話になった者だ。

桑名近くの国人の館で連歌興行をしたときに、宗牧は発句の最初の五文字を苦吟した。

「眼阿どの、どないや」

眼阿に相談したところ、すらすらと五文字を詠みあげ、「いかがでござろう」ときた。

それがぴったり下の七五文字と合ったので、

「上々吉《じょうじょうきち》や。ようなされた」

と宗牧はほめたたえ、羽織っていた胴着を脱いで、その場で眼阿に与えた。それもぬけぬけと檀那の前でやった。

檀那がたは、天下の宗匠に認められた眼阿の実力を見直しただろう。道中の案内をしてくれた礼を、宗牧はそういう形で支払ったのである。

憲斎にもそうした礼をすべきだった。それを逆に顔を潰すようなことをしたのだから、憲斎が怒るのも無理はなかった。

――謝るべきやろか。

明日は大野の檀那衆ともども常滑の水野殿のところへ行ってまた一座興行しなければならない。当然、憲斎が仕切ることになる。

――仕返しもこわい。

そんなことも考えるが、謝るのはあまり気が進まない。もとはといえば憲斎のほうから仕掛けてきたのではないか。

熱のためか、考えはとりとめなく、次々に湧いてきてまとまらない。

こんなことになるのも、自分がまだ若輩《じゃくはい》で、人に侮《あなど》られるせいだと思う。早く人に知られるほどの連歌師になりたい。

たとえば……。

場所は禁裏の南、三条西殿の屋敷。

広い九間《ここのま》に居並ぶ連衆は、南側に三条西殿、飛鳥井殿、近衛殿の公家衆、北側に細川、斎藤といった武家衆のそうそうたる顔ぶれ。

そこに墨染めの衣を着た友軌が着座、執筆を指名し、連歌がはじまる。発句は当然、宗匠の友軌である。句を請けとった執筆が、二度、澄んだ声で詠み上げる。

「長高《たけたか》く、幽玄の発句でござるな」

三条西殿より感じ入った旨《むね》のお言葉をちょうだいする。

あるいは東山《ひがしやま》の草庵。

文机《ふづくえ》を前にしてすわる。

仰ぎ見るような十数人の目が注がれる前で、ゆっくりと帳面をめくりながら、伊勢物語の解釈について話しだす。

みな、懸命に話を書きとろうとする。なにしろ友軌は当代一の連歌師にして古典の研究家である。聴く方の尊敬の念は尋常ではない。

質問にぴしぴしと答えながら、伊勢物語の中の和歌や場面の読みとり方を説明してゆく。

と、そこまでいけば、食うに事欠くこともない。妻をめとって、子供に囲まれ、にぎやかに暮らせるだろう。

だがそうなるまでにあと何年かかるのだろう。十年か、二十年か。それまで、こんな生活がつづくのか。いや、そんな暮らしは永遠にこないかもしれない。

ふと気がつくと、枕元に千代がすわっていた。盥《たらい》の水で冷やした手拭いを絞っている。友軌の額にあてようというのだろう。

「千代どの」

千代は何も言わずに手拭いを友軌の額にあてた。

「わざわざ来てくれたんか。すまんことや」

昨夜の詫びに来たのかなと思った。そんなことをされても、恥ずかしいばかりだ。

友軌は思い切って言ってみた。

「なあ、わしは本気やで。我御料《わごりよ》さえよければ、憲斎さんに頼んで、嫁さんにもらいうけよかと思うとるんや。冷とうせんといてや」

本気で言っているのに、千代は表情を変えない。

「なあ、聞いてはるんか。わしは我御料を……」

「静かに寝やあせ」

冷たい声だ。千代の優しい声ではない。なぜ？

はっと目が覚めた。

「わあっ！」

そこに無為の顔があった。無為も驚いたらしく、のけぞっている。

「あー気味わる。友軌はん、寝ながらにやにやして寝言いうてはるもん。寝られへんがな」

いつの間にか夢を見ていたらしい。

「すんまへん。気をつけまっさかいに」

とんだ恥かき狂言だった。

無為が寝息をたてはじめると、今度は友軌の方が目が冴《さ》えて眠れなくなった。

――千代！

打ち消しても打ち消しても目蓋の裏に千代の顔が浮かんできた。

六

翌朝、熱は下がっていた。

出立の支度をしていると、今日の行先である常滑の水野監物から、使いの若者が馬を飛ばして来た。

「昨日、刈谷《かりや》の同名衆《どうみょうしゅう》から文がござってな、三河と尾張の取り合いがあるで、一族こぞって出陣ありてぇと。どうやら三河の松平が尾張に手遣《てづか》いしとるらしゅうて」

水野一族の若者は能弁だった。

「合戦でござるかな」

「いかにも合戦や。近ごろ刈谷の水野一統は三河の松平と手切れをしやぁてな、尾張の弾正忠殿に馳走《ちそう》しとるで。これを松平が怒るの怒らんの、えりゃあことや」

水野一族は尾張国と三河国の国境に盤踞《ばんきょ》する国人で、尾張では常滑と小河に、三河では刈谷と、両国に分家をもっていた。そのため尾張織田家と三河松平家の二大勢力のあいだに合戦があると、否応なく巻き込まれる運命にあった。

「弾正忠殿は美濃との合戦で手痛い目にあわれたそうやが」

「さようだで。三河の松平はそこを見透かして戦を仕掛けてきたであかんわ」

聞こうとしなくとも、宗牧と使いの者との話が聞こえてくる。

「合戦で頼み勢をかけられとるに、連歌興行で出陣できぬとは言えんもんやで。無念なれど今般はお寄りいただくに及ばずとのことでござる」

「そらあ無念千万やが、やむをえませぬのう」

関東を巡ったあと、帰京のおりに寄らせていただく、ということになった。

「また合戦でござるか。いかがなされますか」

友軌がきくと、

「なに、先を急げばええだけのことや。舟でしゅらしゅらと参ろやないか」

という返事が返ってきた。

宗牧の旅は関東を目指すものだから、水野家に寄らなくても支障はない。少しゆっくりしてから、那波《ならわ》（成岩）の渡しまで送ってもらうことになった。そこから三河の大浜まで舟で渡ることになる。

大野城へ入って、大野衆の見送りの人数を見て驚いた。二十人以上はいる。しかも馬上の者は弓矢を、徒歩《かち》の者は陣笠腹巻に槍と、合戦と見まごうばかりの出《い》で立《た》ちだった。

「那波の渡しは敵陣に近《ちき》ゃーで、こうでもせんとあかんがや」

三河の衆が国境を越して尾張に侵入してきている。那波の渡しのあたりも危ないという。

そういう石川左衛門尉自身も、腹巻こそつけていないが十六本の矢を入れた靫《うつぼ》を腰に、弓を持って馬上にある。

友軌は気分が悪くなった。本当に合戦になったりしたら、またあのぞっとする光景がよみがえってくる。そうなったら逃げられるだろうか。

そこへ憲斎が来た。茶無地の道服を羽織り、袴《はかま》にはばきと、しっかり足ごしらえまでしている。

「やれ間に合い申した。これがついていくとやんちゃを言って聞かへんであかんわ」

そう言う憲斎の後ろで千代が恥ずかしそうに俯いている。白地に花菱紋の清楚《せいそ》な小袖で、きれいにおしろいを塗り、笠もかぶってない。どこか花見にでも出かけるといった格好だ。

敵陣の近くというのにめかしこんでどうするのか。いずれにせよ女連れは無茶だと思っていると、千代は顔を伏せながらも、こちらをちらちらと見ている。

——こら、ひょっとしたら。

友軌の顔が強《こわ》ばった。

しかし友軌の淡い期待は初めの一、二町ではかなく消えた。

千代は、はじめのうちは憲斎の後ろに従っていたが、すぐに無為に寄り添うようになった。そしてふたりは遠慮がちに話をはじめた。

先刻は、友軌ではなく隣にいた無為を見ていたのだ。

鶯色に梅をあしらった派手な小袖の無為に、白地に花菱紋の千代が一歩下がって従っている。無為は当惑しているようだが、千代はうれしそうに見えた。「夫婦のようだぎゃ」などと冷やかされながらふたりは歩いた。

呪いの言葉を胸の中で発酵させつつ、友軌はひとりで黙々と歩いた。

行列は何ごともなく進み、一刻ほどでとある村に着いた。那波はもうすぐだという。

「しばし足休めや。ちと先の様子を探らななりらんし」

どうやらこの先に敵が出没するらしい。

街道脇の松林にそれぞれ腰を下ろし、物見に出した小者が戻るまで待つことになった。

松の根方にひとりすわっていると、宗牧と憲斎の会話が耳に入ってきた。

「ほう、生国は河内《かわち》でござったか。それでどうしてこなたへ」

「檀那廻りをしているうちに、女房を世話するという話が持ち上がってござってな、四十過ぎやったし、そろそろ腰を落ち着けたろか、思いましたのや」

憲斎が河内の出だとは意外だった。友軌は隣の和泉《いずみ》の出だ。

だからというわけではないが、憲斎の姿に将来の自分の姿が重なって見え、ほう、とため息が出た。

そこへ物見が戻った。大丈夫そうだという報告があり、一行は腰を上げた。

先頭を大野衆の小者が歩き、槍をかついだ足軽、馬上の侍とつづいて、その後ろに石川左衛門尉と本庄一竹斎、それに宗牧が馬に揺られている。

憲斎は宗牧の馬とならんで歩き、友軌はその後ろをひとりで歩いた。無為と千代はその後方にいる。

うしろから話し声が小鳥のさえずりのように絶え間なく聞こえてくる。千代がさかんに話しかけ、無為がぽつぽつと応じている。遠慮などもうどこにも感じられなかった。振り返らなくても千代の笑顔が見えるようだった。

友軌の胸の中は発酵が進みすぎて熱が出そうだった。奥歯を噛《か》みしめて歩いた。

野中の一本道を進んでいたとき、はたと行列が止まった。

何ごとかと前を見ると、先頭の小者が激しく腕を振って左手を指している。その指さす方向に足軽が一斉に槍をふり向けた。

「敵だがや。油断めさるな！」

ようやくそう聞こえた。見ると、左手の林から甲冑《かっちゅう》をつけた者どもが湧き出てくるところだった。その数三十、いや、五十か。こちらの倍以上の人数だ。なにか叫びながらこちらへ向かってくる。

前後で悲鳴があがった。

「走れ！　前の村へ入るんや」

石川左衛門尉の号令が飛び、馬がいないた。二倍の人数の敵には手向かえない。前方に見える家並みまで逃げて、家を楯にして矢軍《やいくさ》をするという。

地を轟《とどろ》かせて馬が走った。宗牧の馬に憲斎も遅れじとつづく。

友軌は甲冑をつけた人数を見て一瞬、足がすくんだ。その分だけ出遅れた。

あたふたと走りはじめたとき、脇をすり抜けて駈けていく者がいた。派手な鶯色の小袖のうしろ姿は無為だ。

なんと逃げ足の速いことよと感心した直後、まてよと思った。無為は誰かと並んで話していなかったか。

振りむくと、白地に花菱紋の小袖が地面に転っていた。

千代だ。

すぐに起き上がったが、足をくじいたのか、右足を引きずっている。

左手には敵が畦道を通って迫ってきている。助けをもとめようと前方を見たが、無為や憲斎は千代に気づかずに逃げている。

もう一度振り向いた。千代と目があった。

「助けて、助けて！」

切迫した声だった。背筋をざらりと箒《ほうき》で掃《は》かれたように感じた。なんとかしなければ。

だが次の瞬間、すがる視線を振り切るようにして友軌は前の村を目指して駆け出していた。

背後で千代の悲鳴が聞こえた。しかし足が勝手に動いてしまうのをどうしようもなかった。甲冑武者はおそろしい記憶につながっている。せり上がってくる恐怖は、千代に懇願されようと抑えられなかった。

村までもう少しというところへきた。振り返ると、千代がよたよたと歩いていた。迫ってきた甲冑の者どもとの間はみるみる詰まり、十間ほどになっている。

あれでは捕まる。女捕《めと》り、足弱《あしよわ》捕りは戦場の習いだ。捕まって足軽どもの慰みものにされ、あげくは人買いに売られてしまう。

「あ、あの娘を、助けたって！」

大野衆に助けを求めたとき、友軌の横をだれかがすり抜けていった。

「こりゃぁ、手ぇ出すな！」

怒鳴り声が聞こえた。おそろしい勢いで甲冑武者にむかってゆく。大野衆のだれかかと思ったが、甲冑をつけていない。槍も弓ももたない小柄な男だ。茶無地の道服は……。

憲斎ではないか！

ひとりで甲冑武者にむかっていくとは、あまりに無茶だ。かっとすると見境がつかなくなる男なのか。そういえば石川屋敷で連歌をしたあと、怒った憲斎は脇差を抜く寸前だった。

甲冑武者は千代に追いつき、帯をつかんだ。千代が振り絞るような悲鳴をあげた。走る憲斎が怒鳴りながら二尺にも満たない脇差をぬいた。気づいた甲冑武者は千代をはなすと槍を腰だめにし、光る穂先を老人の胸にむけた。禍々《まがまが》しいその槍先にくらべると憲斎の脇差はまさに蟷螂《とうろう》の斧《おの》だった。槍の数歩先で、憲斎はためらうように立ち止まった。はじめて自分が何をしているのか、気づいた様子だった。甲冑武者は、そんな憲斎に猛然と襲いかかった。

うなり声と怒声が交錯した。

憲斎の腹に槍がめり込んだ。一瞬棒立ちになったあと、憲斎は身体を前のめりに折り、糸の切れた傀儡《くぐつ》のように地面に崩れ落ちた。

千代の総身を振り絞るような悲鳴が友軌の胸を切り裂いた。

「憲斎はん！」

友軌の叫び声は届かない。甲冑武者は倒れている憲斎を槍で二度、三度と突き刺した。三度目には憲斎はぴくりとも動かなかった。

そこへ五人、十人と仲間が追いついてきた。甲冑武者はその場に呆けたように立っていた千代をもののように抱えあげると、大野衆のほうをにらみながら悠然と引き揚げていった。


「せめて埋めてやらんと、野犬にくわれて五体がちりぢりになってまうがな。よう往生せえへんで。あまりに不憫《ふびん》にござる」

敵が見えなくなってから、友軌は街道の脇にころがった憲斎の許へ駆けつけた。すでに息はなかった。

大野衆も三々五々あつまってきた。死体を検分し、念仏を口にしたが、それ以上のことはしなかった。

「父と娘だけの家や。娘も攫《さら》われては弔《とむら》う者もおらへんぎゃ」

石川左衛門尉は面倒そうに、だからこの場に打ち捨てておけと言う。

「そんな……」

友軌は衝撃をうけた。田舎の連歌師など、しょせんはそのくらいの扱いしかうけないのか。

形だけでも弔いをするよう懸命に訴えても、耳を貸す者はいない。

「わしらも合戦に出りゃ、いつ討たれて野辺に屍《しかばね》をさらすかわからん。それだけの覚悟はできとる」

「そやから同じ身の上でござろうに。父が殺されて娘が攫われて、供養《くよう》のひとつも……」

友軌は訴えつづけた。あのとき自分が引き返して助けてやれば、ふたりとも無事だったかもしれないと思うと、とてもじっとしていられなかった。そのうえ、だれも憲斎父娘《おやこ》のことを悲しんでいないように見えるのも許せなかった。父が殺され、娘が攫われるという酷い目にあった一家が、まったく無視されている。

「そんなら、わしらが」

宗牧をふり返った。連歌師仲間として哀れな憲斎を供養するのが当然だろう。千代を取りかえす算段もしなければ。

「友軌、もうええ。おけ」

宗牧が肩をたたいた。懐から銀の延べ板を出した宗牧は、

「身内がおらんのなら、わしらが身内がわりや。これで近くの寺に供養をお願いしてもらえんやろか」

と石川左衛門尉に差し出した。

左衛門尉は、それをだまって受けとった。

「さあ、行くぞ」

宗牧はそれですべて済んだというように進発しようとした。そんな、と友軌は宗牧の袖を引いた。

「わしらが供養を……」

「もう舟が待っておるのや。今夜の宿も頼んであるやろ」

「でも人が死んでおるのや。娘が攫われたんや」

「だから供養してもらうがな。敵方に攫われた娘など、どうしようもないやろ。わぬしが槍をもって取りかえしに行くか」

「………」

「どうにもならんのや」

それではあんまりや、と言おうとしたとき、不意に目の前がかすんだ。噴きだしてくる涙をこらえきれなくなった。

友軌は声を上げて泣いた。一度声を上げるともう止まらなかった。あとからあとから涙がこぼれてきた。

泣くなど不覚な、と思う頭の片隅で、思い切り泣いて醜態をさらすのが、せめてもの罪滅ぼしや、という声が響いていた。

# 第四話　おどらばおどれ

## 一

寺は湊のすぐ北側、松林を抜けたところにあった。

「えろうむさいとこやな」

あきれたように無為が言った。友軌は肘でつついて小声で叱った。

「若、聞こえまするで。住んどる人はそうは思っとらんもんや。気ぃわるうするで」

まったく親子で世話を焼かせて、と思っていると、其阿《きあ》という大柄な住持ののんびりした声が響いた。

「すぐそこや。むさいところやが、ゆっくりしてゆきなはれ」

無為がしまったという顔をした。

黄昏《たそがれ》どきの赤みがかった陽光が、二十間ほど先のうらぶれた寺院を照らしている。

那波《ならわ》から舟で細長い湾をわたって、三河国についたところだった。今日の泊まりは、住持が宗牧の古いなじみだというこの寺だ。湊までは住持ともうひとりの僧が迎えにきてくれていた。

寺域をとりまく土塀は白塗りだが、あちこちが剝《は》げ落ちて土色をさらしている。表門は、二本の柱に丸太を渡しただけの簡素な冠木門《かぶきもん》だった。

敷地は広いが、たちならぶ屋根はみな藁葺きで、しかも長いあいだ葺き替えられていないらしく、一面に青い苔《こけ》が生えていた。せめて本堂だけでも檜皮《ひわだ》葺きなら受ける印象はちがうだろうに、これでは何とも貧相に見える。

建物が汚いだけではなかった。この寒風の中、土塀の下に竹と筵《むしろ》で小屋掛けして、乞食が何人も寝転んでいた。これまで泊まってきた大名の広壮な館や城とはあまりにもちがう。

舟の中で宗牧が、「ちょっと変わった寺やでのぉ」と言っていたが、乞食の巣とは。ここが今日の宿かと思うと、無為でなくても心冷えるものがある。

「変わっとらんのう。もう二十年にもなるかなあ。あのころのままやがな」

さすがに宗教は動じていない。

「由緒ある寺にござるでな」

そういう坊主は小柄で、友軌とくらべても二、三寸は背が低い。徳阿《とくあ》というらしい。肩幅も狭く、首も手足も細い。裳《も》もつけずに臑《すね》丸出しで馬の手綱《たづな》を持って立つ姿を舟から見たとき、てっきり小僧だと思ったものだ。

しかし近寄って見れば、剃り上げた頭に無精髭《ぶしょうひげ》のように生えている髪はごま塩だった。目尻の皺と脂気のない皮膚からすると、四十路も半ばだろう。着ているものも乞食坊主のようだが、眼の光が強く、口をへの字に結んだ面構《つらがま》えは、ひとくせもふたくせもありそうに見えた。

「一町ほどのところを馬に乗るご仁も珍しいわ」

ぶつぶつ言っている。地声が大きいのか、ひとりごとでもよく聞こえる。

「お気遣いしてもろて、ありがたいことや。宗匠は足が悪いよってな。勘弁してぇな」

「へえ、足が悪りぃに旅とは、奇特なことだて」

言い方にトゲがある。友軌もむっとして、声が尖《とが》ってくる。

「連歌師に旅はつきものやさかいな。そちらの上人《しょうにん》さんが遊行《ゆぎょう》なさるのと同じことや。行く先々で連歌数寄の檀那が待ってなさるに」

「ほっか、上人さまのように功徳《くどく》をほどこしなさるか」

唇をゆがめていう。細い目がさらに細くなった。かなりひねくれた性格とみた。

そういう目で見ると、注意すべきは徳阿ばかりではない。先を歩いている住持の其阿もどこかおかしい。

年の頃は宗牧と同じくらいだが、その顔は白く、やさしそうな目つきをしていた。しかしこの年齢の坊さんは、もっとふてぶてしい顔をしているものだ。こんなやさしい目はしていない。

そのうえ、この寺は時衆の寺なのである。時衆は合戦があれば陣僧として檀那と供に出陣し、金創医として手負いの手当にあたったり死体の始末をしたりする。だがあの様子ではそんな仕事はしていそうにない。そこがひっかかる。どうもうさんくさい。

寺に近づくと、すえた異臭が鼻をついた。同時に念仏を唱える声が、ちらほらと聞こえてきた。坊さんにしては声が素人《しろうと》くさいな、と思っていると、どうやら門の両側にたむろする乞食が唱えているらしかった。

乞食のほかにも不思議な光景が目についた。竹竿や棒きれを持った男たちが二、三人、門からすこし離れた木陰に立っていた。普段着姿だから近在の者なのだろう。寺を見張っているように見える。

首をひねりながら門を入ると、さらにもうひとつ不思議なものが目についた。

門のすぐ近くに鐘が吊してあった。高さ一尺ほどの小さな鐘だが、ちゃんと撞木《しゅもく》も置いてあって、いつでも使えるようになっている。

おかしなところに鐘があるものだ。あの小ささではそう遠くへは響かない。せいぜい寺の境内と周囲くらいだろう。当番の小僧が鳴らすのなら庫裏《くり》の軒先にでも吊しておけばよいのに、門の内側とは。何のために使うのだろうか。

そのまま進むと、本堂の軒下にも乞食がいた。寒風を避けているのか、寝る支度をしているのか、筵にくるまったまま動かない。

その一人がふいに顔を上げた。灰色の髪に皺だらけの顔。老婆だった。

友軌と目があった。

「いらせられませ。ここはええとこだで」

ほほえみながら言った。友軌は目を伏せて通りすぎた。

住持がおかしいだけでなく、寺そのものもへんだ。

二

案内された僧坊に荷物を置くと、友軌は寺の庫裏へ足を運んだ。まずは明日の支度をしておかねばならない。

庫裏では小僧たちにまじって徳阿が大釜の前にすわっていた。見回すとどうやら大人は徳阿しかいない。やむなく友軌は徳阿に頭を下げた。

「明日の馬を頼めへんやろか。岡崎まで明るいうちに行きたいんや」

「岡崎までなら馬子《まご》ともども百文てとこだで。いまならまだ湊の問丸《といまる》が開いとるわ」

「ついでに明日の宿へ知らせを出したいんや。岡崎の安部大蔵《あべだいぞう》いうんやが」

「それも問丸でやってくれるがや。どれ」

そういうと徳阿は前垂《まえだ》れをとって側にいた小僧にほうった。案内してくれるらしい。

門を出ると乞食はもちろん、木陰の男どももそこにいた。暗くなっても頑張るつもりなのか、焚《た》き火《び》を起こしていた。

「あれは何をしとるのやろ」

たずねても応えはない。愛想の悪い坊主だ。

「出家はんは、こちの人かえ」

ときくと、徳阿は立ち止まって友軌をにらみつけた。憎悪がこもっているのではないかと思うほどのにらみ方だった。友軌はぎょっとして少し距離をとった。

「近くの出や。それがどうかしたか」

別に喧嘩を売るつもりではないのに、と友軌はいいたくなった。

「ここの出家はな、わけありが多いんや。あまり聞かんほうがええぞ」

話をするなということか。とりつく島がない。海岸沿いの松林の中を、友軌は徳阿の背中を見ながら黙々と歩いた。

問丸で明日の馬の手配と、岡崎までひとっ走りして先触れをしてくれるよう頼み、礼銭を払った。

問丸の者は徳阿の姿を見ると恐れるような顔をした。さりとて追い返すようなことはせず、頼みはよく聞いてくれた。排除はしないが進んで近づきたくはない、という雰囲気だった。やはり変な寺だ。

「どうや、あれは出たかや」

帰ろうとすると、年配の手代らしき男が徳阿に声をかけた。

「まだやが。出たといったらどうなさる」

「掟《おきて》だで。許すわけにはいかんが」

「こちらも掟だがや。渡すわけにはいかん」

それだけ言うと、徳阿は話を打ち切るように外へ出た。

「何が出るのや」

「我殿らは気遣いせんでええことでの。首を突っ込むとややこしなるで」

「恐ろしいものかや」

友軌が突っ込むと、徳阿はにやりと笑った。

「盗人だが」

「はあ」

「ひもじいのを我慢できんと、芋《いも》の子を盗んだ者がふたり、そのへんに隠れとるぎや」

盗人は、特に食い物を盗んだ場合は、村人にその場で打ち殺されても文句はいえない。どこの村でもある掟だった。打ち殺されるのが嫌なら村を離れるしかないが、田畑を手放せば乞食となってさすらい、窮死するしかない。どのみち助からない。いずれにせよ風情《ふぜい》のない話だ。友軌は興味を失った。

「寺には乞食が多いようやな」

「来るものは拒まず去る者は追わずだで、なんとのう居つくだわ」

「乞食も身内いうことかいな」

「誰が乞食で、誰が旅の連歌師か、そんなもんはわからせんでな」

むっとして友軌がだまり込むと、徳阿は振り向いた。

「みんな乞食になりたてなったんやあらせん。どうにもならずに乞食になったんだで」

怒ったような声で言う。

「働こうにも田畑がない、雇ってくれる主もおらん。どうにもならんで、念仏を唱えるしかあらせん。そういう者《もん》たぁが寺に集まるんや。みな来世に浄土に生まれることだけを願っておるんだで。念仏を唱えるしかできん人たぁや」

「そんな……」

「世の中に負けて負けて、負け続けた者《もん》たぁばっかじゃ。どうにもならんようになった者ばっかが寺に来るわ」

徳阿の声には力がこもっている。なぜそんなところに力が入るのか。不思議な寺だと思うばかりだ。

「我殿のように、天下一の連歌宗匠についておられるご仁には縁のない話だがや」

「なかなか。そうでもあらへん」

連歌師など食えないことにかけては乞食と紙一重だ。ただ、乞食のように自分の意思に反して落ちぶれたのではなく、自分のしたいことをして、その結果として貧乏だというところだけが違う。だがそんなことをここで言っても仕方がない。

「ここでも踊り念仏をやりなさるかね」

あたりさわりのない話にかえた。一度口を開くと、徳阿は案外話好きのようだった。

「おうよ。次は春の二月だわ」

「京で見たことがあるけど、あれはええもんや」

四条の時衆道場の踊り念仏といえば見物人でごったがえすほどの人気で、友軌も何度か見に行ったものだった。

舞台の上で若い僧尼が鉦鼓《しょうこ》を打ち鳴らし、称名《しょうみょう》を高く低く唱えながら足を高くあげ、床を踏み鳴らして踊りまわる。尼僧が膝までの衣を蹴り上げながら踊るのを下から眺めていると、時には白い太股《ふともも》の奥まで見える。

それが見たさに集まる不届きな輩《やから》が大勢いるのだが、おそらくここでも同じことをやっているのだろう。

「徳阿はんも踊りなさるか。あれはええもんやろか。見ておると、踊っとる坊さん方はみな薄笑いを浮かべてなさる」

徳阿はふっと鼻で笑うと、低く吟じた。

はねばはねよ　おどらばおどれ
はるこまの
のりのみちをば　しるひとぞしる

「は？」

「それが踊り念仏のこころだわ。わが宗祖の詠まれた歌だがね」

法《のり》の道を知る人ぞ知る、つまりおまえにはわからないということだ。

三

夕餉は本堂で、と言われた。済み次第、連歌興行にかかるつもりだろう。まずいな、と思いつつ僧坊を出た。今日くらいは連歌をせずにゆっくり休みたいから、一座を持とうという話が出たら即座に断れと宗牧から厳命されていた。なにしろ朝から軍勢に追いかけられ、一人殺される騒ぎがあったところだ。いくらそれが商売とはいえ、月の花のと詠む気分ではない。

本堂への渡り廊下を歩くと、広縁の下にもぐりこんでいる乞食がいやでも目に入る。

——あの上で飯を食うんか。

いい趣向だとは思えないが、客としては文句も言えない。

本堂はほこりっぽい板敷だった。見回しても畳一枚敷いてない。小僧が膳をささげ持ってきた。味噌、麩を焼いたもの、それに盃がのっている。

「畳はあらへんでも、食うものはあるか」

宗牧がいうと、其阿は平然とこたえた。

「畳か。前はあったんやが、敵の足軽どもが毎日押し寄せてくるでな、持っていったあるわ。ここらは尾張の国境に近いよってな」

友軌は思わず箸《はし》を止めた。ということは今にも押し寄せてくるのだろうか。

「なあに、夜討ちまではかけて来うへん。安気《あんき》にしなはれ」

其阿が笑う。

一献《いっこん》のあと、二の膳が出た。真ん中に粟《あわ》と米、大根が入った雑炊の椀、その右に紅かぶらの切り漬け。椀も塗りがはげてところどころ木地が見えている。

「こらごっつぉや」

「なんにもあらへんが」

宗牧は愛想を言っているが、雑炊からは微かな臭気が漂っている。大根と粟が古いのだろう。

「もう何年にならはるかな。こっちへ来て」

雑炊をすすりながら宗牧がたずねた。

「二年や。大津におったとき、藤沢上人の命《めい》でな」

「和尚さんは大津にいやはったんでっか」

驚いて友軌はきいた。

「ああ、ずっとな。金塚《かなづか》におった」

「道理で京のことばを使いなさる」

「なに言うとる。生まれは月卿雲客《げっけいうんかく》やで。わしらなど足許にも寄れん」

無為が言う。

「なんといっても花山院《かざんいん》家の御曹司《おんぞうし》やで」

　宗牧は言った。

「世が世なら、太政大臣《だじょうだいじん》まで昇る家や」

へえ、と友軌は箸を止めた。花山院家とは摂家《せっけ》に次ぐ格式を持つ清華《せいが》七家のひとつで、本当ならたいへんな家柄だ。道理でなま白い手や顔をしているはずだ。

「しかも公方《くぼう》様の猶子《ゆうし》にならはって、もう少しで華頂院《かちょういん》の門跡《もんぜき》さまやった」

「華頂院て？」

「寺門《じもん》や」

ああ、と友軌はうなずいた。寺門とは三井寺《みいでら》、園城寺《おんじょうじ》。ということは華頂院とは園城寺の門跡寺院のひとつなのだろう。

「そら、えらいご身分どすな」

　筋目のいいお公家さんだったことくらいでは驚かない。いま時分はお公家さんも貧乏で、先祖代々の屋敷などとっくの昔に売り払って畳屋の隣の借家に棲《す》んでいる、などという話はいくらでもある。

　だが寺門の門跡となると、これは話がちがう。

寺門園城寺や山門比叡山延暦寺《さんもんひえいざんえんりゃくじ》にはいくつもの門跡寺院がある。公家や国持ち大名などが領地を寄進して寺院を造り、そこに子弟を入れたのがはじまりだが、今でもそれぞれの門跡寺院は膨大な領地と僧兵を抱えている。有力な門跡は坊主といっても大名のようなもので、瀟洒《しょうしゃ》な里坊を構え、富貴な暮らしをしている。

其阿もそうなるところだった、ということだ。

「あれやな。公方様が替わったのがあかんかったんやな」

「その話はおいといてえな」

大名並みの権勢と富を持つ門跡になるのと、こんな破《や》れ寺の住持になるのとでは、同じ坊主でも天と地の違いがある。

門跡さまになるはずが、どこでどう間違ったのか。さっぱりわからないが、おそらく其阿は人生のどこかで決定的な敗北を喫してしまったのだろう。栄華の座にあっても堕《お》ちるとなればはやいものだし、堕ちはじめたら自分の力ではどうすることもできない。それでこの寺へ来たのではなかろうか。とすれば「負けた者ばかりが集まる」という寺にふさわしい住持かもしれない。

宗牧と其阿が話している間に友軌は酒の肴《さかな》をたいらげ、雑炊に口をつけた。

雑炊が口の中に入ると、苦いような変な味とともに臭気が鼻に抜けてきた。途端にもどしそうになった。駄目だ。食えるものではない。

そこへ徳阿が鍋を下げて入ってきた。

「おかわりがいるだら」

少しも減っていない友軌の椀に、遠慮なく雑炊を注いだ。やむなく友軌は口をつけるふりをして、酒で口をすすいだ。

「暗いな。徳阿、あかりを持ちなはれ」

すでに陽は落ちて、本堂の中は薄暗くなっている。へえ、と返事をして下がると、徳阿は油皿の載った燭台を持ってきた。

それを本尊の前に置くと、今度は杉戸を閉めはじめた。

「ちょっと待たんか。もうすぐや」

がたがたと杉戸を閉めながら、徳阿がつぶやくのが聞こえた。

何がもうすぐなのかとちらりと見ると、徳阿のほかには誰もいない。つくづく不気味な寺だと思いつつ杯を空けた。

酒は濁り酒だが、こちらは味は悪くない。盃を干せば控えている小僧がいくらでも注いでくれる。臭い雑炊はやめて、酒で腹をふくらませる決心をした。

「もう二十年も昔になるか、わしがここに来たときには、相阿《そうあ》、覚阿《かくあ》とゆうたか、連歌執心《しゅうしん》の者がおってな、よう連れだって檀那のもとへ行て参じたものや」

宗牧と其阿は昔話をはじめている。しばらくは話に花が咲いた。

「もう腹はふくれたかね」

小半刻ほどして、小僧ふたりを連れてふたたび徳阿が顔を出した。膳を下げようというのだろうが、小僧のひとりが鍋を下げているのは不思議だった。

雑炊を食べ残している友軌はばつが悪いが、とても喉を通らない。見ると無為も同じ思いだったのか、半分以上食べ残している。宗牧も少し残している。

小僧たちは素早く膳を持ちあげた。片づけるのかと思いきや、そのまま杉戸の前にならんだ。何をするのかと見ていると、徳阿ががらりと杉戸を開けた。

「それ馳走の残りじゃ、食え食え」

外に向かって叫ぶと、食べ残しの載った膳と鍋を広縁に置いた。

異様なうなり声が聞こえた。と、広縁の下から頭と手が出てきた。

「いやあ、みなさん雑炊を残されて、功徳を施《ほどこ》しなされたわ」

其阿がよく透る声で言う。宗牧は知っていたのか、軽くうなずいている。

床下から這い出てきた乞食たちが残飯を奪い合うのを友軌は口をあけて見ていた。

「さて腹もふくれたやろ。一会《いちえ》を楽しみにしておったんや。今すぐにでもはじめように」

其阿の言葉に、宗牧から友軌に目配せが飛んできた。

友軌は膝を進めると、考えていた断りの文句を口にした。

「せっかくのお誘いにはござりまするが、なにぶんにも旅の途中で疲れておりますれば、今宵《こよい》は不調法《ぶちょうほう》ながら休ませていただきとう存じまする」

「なに言うてんの、このお方」

友軌にはちらりと目を配っただけで、其阿は宗牧に向かって、

「さ、連衆はわしと徳阿、それに宿場の衆も声がかかるのを今や遅しと待ちかまえておるでな。ちゃっとやらんと夜が明けるで」

と言いつのる。

「いやいや和尚さま、まことに不調法にござりますが、今宵は連歌は……」

友軌は声を高くするが、其阿は顔も向けない。

「こりゃ徳阿、宿場の衆を呼んでまいれ」

「徳阿どの、それには及ばんで」

友軌の声を無視して徳阿は席を立った。宗牧がやっと口を開いた。

「これからでは子《ね》の刻（午前零時）も過ぎるわ。明日の道行きにさしつかえるよって、またの機会にしようや」

「これは天下の宗匠ともあろうお方の言葉とも思えんで。この宿場の衆も心待ちしとるわ。天下の宗匠として奉公せな」

　顔色を変えて其阿が反論する。

「そうは言うてもしんどうて。なにしろ今朝は軍勢に追われて、友軌などは懸命に走ったんやで。憲斎いう連歌師が死んでおるし、無為とええ仲やった娘は攫《さら》われてしもうたし。今晩は弔《とむら》いをせな。そのあとは休ませてえな」

「なに弔いは明日、いくらでもして進ぜるで。百韻終わればいくらでも寝かせて進ぜるがな。もう宿場の衆にも伝えてしもうたし、なさぬではすまんで、今晩は」

　其阿は一歩も譲る気はなさそうだった。だが宗牧も頑固さでは負けない。中気で倒れてからも、その点はかわらない。一度やらないと言いだしたら、まず曲げることはない。

「弔いなら連歌師らしく法要の連歌や。どっちにせよ一会がええ」

「今晩はやらん。やらんと決めたのや。悪いが休ませてもらう」

「我殿は昔からそれや。ちっとは天下の宗匠の位を考えなされ。田舎の衆は都から下った偉い宗匠やというんで待ちわびておるのやぞ。疲れがなんや。飯を食ったで元気になるやろ」

「我殿こそ昔とかわらん。ちっとは他人のことも考えなされ」

宗牧がまた唇をゆがめて反論する。どうやら延々と続きそうだ。押し返せ、と友軌は心の中で宗牧を応援した。

無為が小声でいう。

「あんさんは知らんやろけど、あの和尚さん、親爺と古いなじみで、連歌宗匠の座を争ったこともあったたんやで」

「へ」

「ま、昔の話やがな。それからどうも、仲がええのか悪いのか、ようわからん」

宗牧と其阿の言い争いは続いている。友軌は、はらはらして見ていたが、昼間の疲れが出たのか、やがてふたりの声が遠くなっていった。

四

「勝負な、よう言うた」

大きな声にはっと気がつくと、ふたりの口調が喧嘩腰になっていた。

「判者は」

「宿場にいくらでもおるわ。おお、祥雲《しょううん》どのがええ」

其阿に言いつけられて小僧が走った。

すわったままうとうとしていた間に、事態はうんと進んだようだ。何を勝負するというのか。居眠りしていたので教えてくれ、とはとても言い出せない雰囲気の中、友軌はだまっているしかなかった。

しばらくして、小僧が白い顎髭をたくわえた老人を連れてきた。

「和尚さま、一大事とは何ごとじゃな。連歌の席はどうなったかな」

「呼びつけて申しわけねえことやが、こういう事情でな」

祥雲とよばれる老人に其阿が小声で何やら説明した。ほっほと祥雲は笑い、

「そら面白いことだで。喜んでやらせてまうに」と快諾した。

祥雲は問丸の檀那で、其阿の連歌仲間だという。

「話は決まった。勝負は一首じゃ」

其阿が宣言した。

「徳阿、一首吟ずるがええ」

徳阿が膝でにじり出てきた。

「ならば友軌、出え」

言われてはっとした。

「な、なにをすればええので」

「このボケは。舟を漕いでおったろが！」

宗牧の雷に、友軌は首をすくめた。それでも、門弟同士に歌合《うたあわせ》をさせて、その勝敗で連歌興行をするかしないかを決めることになったと教えてくれた。

「しっかりせえ。負けたら連歌師の名に泥を塗るのやぞ」

そんな大袈裟《おおげさ》な、と思いつつ友軌は荷の中から矢立と懐紙をとり出した。これに勝てば寝られるというのなら、頑張る価値はある。

本堂の中央に円座がふたつ、並べて置かれ、友軌は徳阿と向かい合ってすわった。徳阿は時衆の僧だから歌の道は素人ではない。

「してお題は」

懐紙と筆を手にした徳阿が張り切った声できく。祥雲はおっとりと言った。

「そやな、月、と参るかね」

和歌の題としては穏当なところである。

目を閉じてしばらく考えた。月とこの寺、湊、そういうものをからめて詠むべきだろう。

懐紙にしたためた直後、徳阿も筆をおいた。

「よろしいかな」

祥雲がふたりを見比べる。友軌はこっくりとうなずいた。徳阿は「ええで」と言った。

ふたりが手渡した懐紙を、祥雲は眉を寄せてじっと見入った。

二枚の懐紙を繰る音が本堂に響く。夜に入って風がやんだのか、外も静かだ。

「いかがかな」

「うむ、どちらもええお作だで、よう判定がつけられせん」

といいながら祥雲は懐紙を目の高さにもって、朗々と詠みあげた。

旅衣きてぞなれにし浜千鳥　あおげば空に上弦の月

友軌の作だった。うほん、と咳払いをして祥雲は言った。

「旅の憂きこと辛きことを浜千鳥に託して詠いなさっただら。これが満月や十六夜《いざよい》の月ではだいなしやが、上弦の月だで風情がある。千鳥が飛ぶ夕方に出とってもおかしゅうねえ。ええお作と拝見仕ったわ」

友軌は小さくうなずいた。ちゃんとわかってくれている。評者としての力はまず大丈夫そうだ。

次は徳阿の作。

厭《いと》わしき世を捨ててこそみほとけの　ながめし月をわがものとせめ

「坊さんの作だで、こんなもんやろ。『捨てて』こそ『わがもの』になるという逆の理が利いとるぎゃ。これもええお作や」

「すると勝負は……」

「これは『持《じ》』だぎゃ。どっちもええであかんわ」

引き分けだという。礼儀としてまずはどちらも立てたな、と友軌は理解した。よくある手だ。

「となると、もう一首だで。今度は『恋』でいくだら」

これが本当の勝負となる。

こういうときに力んで名作をつくろうとしてはいけない。歌の情感より、機知と技巧をいかに示すか、が大切だ。友軌は懐紙をとった。

そのとき、ことり、と右手で音がした。

音の方を見ると、杉戸が二寸ほど開いていた。外に人の気配がする。徳阿もちらりと見たが、そのまま懐紙に目を落とした。

友軌も気分を持ち直して歌作りに集中しようとした。すると今度は左手で音がした。見るとやはり杉戸が少し開いて、その向こうにいくつかの顔が見える。

——乞食どもか。

床下に巣くう乞食たちが、何ごとが起こったのかとのぞきにきたらしい。

乞食とて歌ぐらいはわかるだろう。そう思うと友軌は熱くなった。万が一、負けたら恥ずかしいことになる。あちらは連歌もできる坊主だが、こちらは本職の連歌師、歌で食っているのだから。

恋歌か……。

徳阿はこわい顔で懐紙をにらんでいる。

友軌の頭にはまだ千代の面影があって、あまり恋などは考えたくもない。腹も減っている。空き腹にしこたま飲んだせいで、酔いも回っている。頭を振って新古今、古今と、覚えている恋歌を総ざらえしてみた。本歌取りでしのごうと考えた。どんな状況でもそれなりの出来映えのものをつくるのが、その道の本職だろう。

一首できた。

徳阿はまだのようだ。さらさらと書き上げて祥雲にわたし、鍛え方がちがうでな、と友軌はひとりごちた。

ようやく出た徳阿の懐紙と、友軌のとを見比べながら、祥雲はしきりに首をひねった。

「これもむずかしい勝負じゃな」

あらたまっていう。まず友軌の歌が詠み上げられた。


わが恋は忍ぶとすれど酒瓶子《さけへいじ》　うすにごりにも色に出にけり

「頭五文字は古歌をとってなさる。掛詞《かけことば》があって全体の色調もええ。技巧に秀《ひい》でてなさる。だけども酒で色に出るとは、たわむれ歌だがね。よほど今宵の酒がうまかったとみゆるが、恋歌にはちと品が低いきらいがござるわ」

指摘されたとおりだった。友軌はかるくうなずいた。

「さて、徳阿どののは、いかにも坊さんじゃ」

祥雲が詠み上げようとすると、異様なことが起こった。東西と南の三面の杉戸がすうっと一尺ほど開いたのだ。

「徳阿の歌じゃ。気い入れて詠まんか」

ぱらぱらと拍手もおこった。乞食たちが杉戸の隙間から顔を出して、徳阿を応援している。

徳阿は立ち上がった。乞食を追い払うのかと思ったら、そうではなかった。

「わしが勝てば、これから連歌や。しかも日本一の連歌師さまとの連歌だで。縁起ものだで、みなも聞いとくだら」

おおう、と声が湧いた。許しが出たと思ったのか、乞食たちは杉戸を全開にした。

破れ衣をきた乞食が広縁に鈴なりになった。

友軌は思わず席を立ちそうになった。宗牧と無為もぽかんと口を開けて見ている。

祥雲は馴《な》れているのか、動ずる気配もなかった。わざとらしく咳払いをしてから徳阿の歌を詠み上げた。


世の中を捨つるわが身に果てもなき　逢わぬおもかげ思い絶えなで

「どこといって技巧があるわけでもねえ。けど歌がらがええ。詞《ことば》もやわらかで趣《おもむき》がある。ええ歌じゃ。したが、どうもこう、情景がはっきり目に浮かぶって秀句でもねえ」

どちらも一長一短だということだ。祥雲は顎に手を当てて考え込んでしまった。

座はしんと静まりかえった。

「やはりこちらかのう」

と祥雲が片方の懐紙を挙げようとした。友軌の懐紙だった。勝った、これで寝られる、と思ったとき、祥雲の手がとまった。みなの顔が驚きで強ばった。

鐘が打ち鳴らされている。それも急を告げる早鐘だ。

方角からすると、門に吊されていたあの小さな鐘にちがいない。

同時に大勢の走る足音と怒声、女の悲鳴が入り混じって聞こえてきた。なにごとかと外の暗闇に目を凝らした時、

「駆入《かけい》りじゃーっ」

という声がした。

乞食たちが騒ぎだし、そのうちに小僧が本堂へ駆け込んできた。

「かっ、駆入りにござる。駆入りが表門に」

徳阿がすっと立って門のほうへ走っていった。其阿も険しい表情になり、なにも言

わずに席を立った。

「肩、貸せ」という宗牧を支えて立ち上がらせ、友軌と無為も外へ出た。

門外には幾十という松明《たいまつ》が揺れていた。境内では乞食や小僧たちが遠巻きにする中で、まだ幼さの残る少年がふたり、抱き合って泣いていた。

「なにしとるんや」

「駆入りやというとった。誰か逃げ込んできたんや」

聞こえてくる話からすると、どうやら盗みを犯した者が、村人に追いかけられて寺に逃げ込んできたようだった。犯人を追いかけて寺に入ろうとした村人たちは、寺域に入る前に起き出した中の乞食たちにさえぎられたらしい。

——盗人とはあれか。まだほんの子供やないか。

こんな子供でも盗みの罪で打ち殺そうというのか。

「盗人が目の前におるんや。すぐ渡せ。掟どおりに打ち殺したる」

「無縁所《むえんじょ》だで。逃げ込んだらどんな極悪人でもかばうことになっとる」

村人たちの前に立ちはだかった徳阿が叫ぶ。小さな身体が大きく見えた。

「無縁所ってなんや」

友軌がつぶやくと、宗牧が教えてくれた。

「ここへ入れば世間の縁はすべて切れる。借銭も犯した罪も、きれいになくなるんや。それが無縁所や」

「そらようござる。やり得《どく》や」

「そのかわり死ぬまで出られんぞ。世間と縁を切るのやでな。死ぬまで乞食や」

というこことは、あの乞食たちの中には、どこへも出ていけないお尋ね者がかなりいるということだ。ちょっと変わった寺、と宗牧が言ったのはそういう意味だったのか。

「盗まねば飢えて死ぬ、ぎりぎりまで追い詰められてやむなく盗むのや。ならばぎりぎり許されることがあってもええやろ。それがこの寺の掟や。食うものがなくてもここからは出られん。死ぬ方がましかもわからんような罰を受けつつ生きてゆくのや。許したりなはれ」

其阿が大声で説いている。さえぎるように、村人の怒声が聞こえた。

「あの餓鬼どもの盗みは一度や二度やねえ。何度も盗みを重ねとる。もう堪忍ならねえ」

そうだそうだ、という声が起こる。

「子供でも働きゃ食わせてやるわ。あれらは働きもせんと盗みまわっとる」

「見つかったら泣いて謝るふりして、隙を見て棒を振り回しよる。怪我した者がおるでや」

其阿はそれでも言い張る。

「掟は掟、昔から決まっとることや。ならぬ、ならぬ、渡しはできんぞ。ここから一歩でも入ってみい。仏罰が我殿らの家に下るぞ」

村人から大声で、盗人を許してなにが仏罰や、という声が起こる。

「許せんことを許すのが、み仏の心や」

其阿と徳阿はそう言い返して一歩も譲らず、門の内側に立ちはだかって村人を入れなかった。

怒鳴り合いがつづいた。

小僧たちは馴れているのか、篝火《かがりび》を焚きはじめた。長期戦にそなえているのかもしれない。

友軌たちは少しはなれたところで村人とのやりとりを見守った。其阿も徳阿も背筋をのばし、村人たちの前に立ちふさがっている。

やりとりは延々と繰りかえされ、夜は更けていった。

気がつくと、いつの間にか出された篝火も、燃え残りがくすぶるだけになっていた。月も西の森に隠れようとしている。

月が西にかたむいたころから、村人たちは根負けしたのか少しずつ減っていった。そしていま、最後まで残っていた集団も、「乞食寺には勝てぬわ」と悪態をついて引き上げていった。

門前には其阿と徳阿だけが立っている。大小二つの影は、村人たちの後ろ姿が見えなくなるまで立ちつくしていた。

「ようやく終わったわ」

無為がため息まじりで漏らした。

寺の掟が村の掟に勝ったのだ。これでもう、少年たちが打ち殺されることはない。なにやら暖かいものが胸の中に流れ込んでくるように感じた。無惨に刺し殺され、弔いもろくにしてもらえない男もいれば、助かる命もある。世の中は捨てたものでもない。

「あれも苦労をつんだようやな」

宗牧がつぶやいた。あれとは其阿のことだろう。たしかにやり手のようだ。ちょっと変わっていると見えたが、頼もしいものだ。

「さて、とんだ邪魔が入ったわ。歌合、どっちの勝ちやったかな」

もう村人も戻ってこないとみたのか、宗牧のほうを振り返りながら其阿が言った。

今さら歌合もなかろうと思っていると、宗牧が言下に答えた。

「徳阿や」

「え！」

友軌は驚いて宗牧を振り返った。

「そんな。判者はわしの懐紙を挙げようとしてなさって……」

「だまれだまれ。わぬしの負けや」

友軌を指さしてそう決めつけると、宗牧は其阿の肩をたたいた。

「もう若い衆の勝負はええ。こうなりゃあわしらの勝負や。両吟《りようぎん》（二人で連歌百韻を詠むこと）でいくか」

「おお、のぞむところや。天下の連歌宗匠と両吟とは、願ってもないことや」

「憲斎を弔う法要の一巻や」

宗牧は其阿と肩をならべて本堂へむかった。途中で振り返って、

「友軌、なにしとる。執筆をせんか」

とどなった。

「は、ただいま」

あわてて友軌は宗牧のあとを追った。これで今夜はもう眠れない。とんだとばっちりだと思ったが、悪い気はしなかった。

# 第五話　散らし書き

一

金剛軒《こんごうけん》とは、岡崎城の西にある大林寺《だいりんじ》の塔頭《たっちゅう》だった。

ここの庵主が連歌数寄だという。案の定、庵主は宗牧の来訪をよろこび、自分の庵を一夜の宿にと提供してくれることになった。

「やれやれ、これで雪だるまにならずにすみますわ」

囲炉裏《いろり》に赤い舌がゆらぐ部屋で、三人はくつろいだ。外は風が強く、蔀戸《しとみど》ががたがたと鳴っている。

ほっとするのは、部屋が暖かいからだった。風が当たらず、火があるだけでこれほど幸せな気分になれるとは、家というものはありがたいものだ。囲炉裏にかじかんだ手をかざすと、痛いようなかゆいような心地よさが指先から手首へと抜けてゆく。しばらくそうしていると、友軌は子供のころ、雪合戦のあとで濡れて赤くなった手を囲炉裏であたためていたときのことを思い出した。

七歳か八歳のころのことだろう。冷たさに震えていると、母は囲炉裏の熾火《おきび》をかきよせて薪《たきぎ》をつぎ足し、かざした友軌の手をとって、おお冷たいといって自分のふところで温めてくれた。それだけのことだが、母の甘酸っぱいような乳臭いような匂いとともに、しっかりと脳裏に焼きついている。

友軌の生まれ育った屋敷には家族だけでなく、一族の家の子から下人どもまでいつも十数人がいた。そんな中で母は朝から晩まできりきりと立ち働いていたから、あまりかまってもらったことはなかった。だからなおのこと鮮明に記憶に残っているのだろうか。

それにしても、あのころは家の中が不思議と暖かかったような気がする。父母が健在だったせいだろうか。それともただ人が多かったせいだろうか。もちろん、宗牧のように人使いの荒い人物はそばにいなかった。

「明日は？」

宗牧に問われた。

「石川どののところで一座をと。連衆は宗順《そうじゅん》はんがあつめてきはるそうな」

「あれもなんとかやっとるようやな」

急場をすくってくれた宗順に宗牧は目を細めた。

今日の夕方、矢作《やはぎ》川の渡しで舟を下りても迎えの者は見あたらなかった。

「お城はどこや」

渡し場で寒風に吹かれて待つのが耐え切れぬというように宗牧が言った。

「あの丘の上のようでござりまするな」

友軌はこたえた。矢作川の葦《あし》のしげる河原から、やや小高くなったところに柵と大屋根がいくつか見えた。

「ならば、まちっとむこうへ行ってみぃ」

宗牧の指示で、一行は岡崎城の北側へとむかった。

「ちゃんと頼んだんかいな」

馬上から指示する宗牧の口調は針をふくんでいる。迎えが来ていないのがよほど腹に据えかねるらしい。寒風は肌を刺すし、空は暗くていまにも白いものが落ちてきそうだから、気が立つのも無理はなかった。

「へえ、ちゃんと問丸に酒手もわたして、今日には着くと安部どのに知らせるようにと」

「とにかく屋敷をさがすんや」

まだ友軌の手違いと決めつけるわけにいかないので、怒るのを控えているらしい気配が伝わってきて、友軌はどぎまぎした。

城の西北には人家があつまっている。あれこれ聞き合わせて大手門前にある安部屋敷をたずねたところ、尾張との合戦に国境まで出ているということだった。

「ほれ、留守でしたやろ」

友軌は思わず大きい声を出した。伝言がつたわらなかったのも無理はない。

「阿呆、喜んでどうするのや」

こらえていた怒りが堰《せき》を切ったのか、拳骨《げんこつ》が友軌の頭にとんできた。

「あてて」

「痛いぞ。今度までにその石頭をなんとかしとけ！」

友軌は頭をおさえたが、宗牧も手を痛そうに振っている。

「ぶたなきゃいいだけの話でっせ」

「何か言うたか」

「いえ、談じ合うてまいります」

留守居の者に交渉したが、主人からはなんの言い置きもないので、屋敷に入れることはまかりならぬという。そう言われて卑屈に一夜の宿をもとめるのは、天下一の宗匠の態度ではない。引き下がらざるを得なかった。

「ほかにないのか。ええい、今夜の宿をさがさんか」

宗牧は怒るが、岡崎に友軌の知り合いはいない。いまさら其阿上人の寺へもどるわけにもいかない。岡崎では松平三郎に女房奉書を渡すという公用がある。どうしてもここに泊まる必要があった。

「どなたかご存じおまへんか」

「しょうのないやっちゃな」

宗順という連歌師がいるという。

「京の者やが、つてをたどってこっちへ来ておるはずや。訊《き》いてみ」

安部屋敷の者にたずねると、やはりしげしげと出入りしているとのことだった。屋敷の小者に呼んできてもらうと宗順は息を切らしてあらわれ、わけを聞いて「金剛軒さんなら、部屋、ありますやろ」と紹介してくれたのである。

宗順はもともと公家に仕える青侍で、二十歳すぎまでは京でふつうに働いていたという。ところがあるとき、主人から暇を出されてしまった。その理由ははっきりしないが、他の公家に仕える女に手を出したから、という噂だった。

「どうせ公家に仕えておってもどこのご領地からも年貢はあがって来ぬし、扶持など知れたものや。暇が出たのをこれ幸いと、好きな連歌に身を入れたのやな」

女でしくじって連歌師になる、というのも珍しい。

——そんなん、連歌をなめとる。

その点は気に入らないが、宗順の丸顔を思い出すと非難する気にもならない。いかにも気の弱そうな、人の良さそうな顔なのだ。しかも田舎で一家を張っているというのだから、連歌のほうも相当な腕前なのだろう。

「さて、寝るか」

麻衾《あさぶすま》が三枚ある。これをかぶって、囲炉裏のまわりに三人でコの字になって寝ることにした。

「そうそう、松平さまへの女房奉書、いつでも渡せるようにしといてや」

宗牧に言われて、無為が荷のひとつを持ち出してきた。つぎの西郡《にしのこおり》で千句興行をする予定があるので、岡崎にはそう長くとどまってはいられない。できれば明日にでも女房奉書を片付けて、西郡へ向かいたいところだった。

「これ、やな」

松平三郎への女房奉書は、さきに織田信秀に渡したのと同じような礼状である。三河にある天皇家の御料所からの貢納がひさしく絶えていたのを、松平三郎が復活させた。それを感謝したものだ。

「どんな女房はんが書いたんやろな」

どうしても無為の関心はそちらへ行くらしい。奉書を顔に近づけて匂いまでかいでいる。と、無為は顔をしかめて奉書を床にほうり出した。どうせ墨のにおいしかしなかったのだろう。

「明日の天気はどうや。星は出とるか」

宗牧に言われて友軌は蔀戸を押し上げ、空を見上げた。曇りなのか真っ暗だ。

「なにも……」

そのとき、突風が部屋の中に吹き込んだ。顔をしかめた友軌が蔀戸をとじるのと、無為が叫ぶのとはほぼ同時だった。

「あかん、あち、火が！」

無為が必死の形相で囲炉裏のなかから燃えるものをつまみ出そうとしている。

床にほうりだされた女房奉書が風で囲炉裏の中にとばされ、そこで炎をあげていた。

あわてて拾いあげて火をたたき消したが、すでに半分以上が灰になっていた。

二

なんとしても女房奉書を元通りにして、松平三郎には素知らぬ顔で渡せるようにせい、と宗牧から無為と友軌に厳命が下った。つまりニセの女房奉書を書きあげろ、というのである。

翌日、石川どのの屋敷の連歌会を早々にすませて庵にもどると、ふたりは焼け残りの女房奉書を前に頭をひねった。

「読めるか」

「…………」

焼け残ったのは、二枚あるうちの本紙（一枚め）、礼紙《らいし》（二枚め）ともに上半分だが、そのうち左半分は黒くなって読めるものではなかった。

「うむ、読めたで。……と、おぼえ候いつるに」

「そりゃ途中にござろ。右端からやのうて、もっと左から読みはじめえな」

女房奉書だから散らし書きにしてある。右端から読むものではない。紙の右の三分の一くらいから読みはじめて、三行読むと左下にゆき、そこでも三行、つぎは右下、という順番で読むらしい。聞いたことはあるが、実際に散らし書きの書状をもらったことはないから、うろおぼえである。

「まことに三河、ここがはじめや。つぎは……焼けとる」

「こりゃ無理や。とても読めへん」

無為は早々に投げ出している。残っているところをすべて読んだとしても、半分もわからない。復元などできるものではないという。

しばらく燃え残りをにらんで、友軌もあきらめた。

「もう、一からでっちあげるしかござらん」

「できるのかえ」

無為はうんざりしたように言った。

「書き順、わかってんの」

そう言われると自信がない。読む場合は大きな字から、そして墨の濃さをたどって読めと言われているが、それだけの知識では書く場合には役に立たない。

「それにあれ、女房詞《ことば》で書かれてんのやろ。ふつうと違うに」

「鮨《すし》のことを、おすもじ、というのやろ。そんなん、そうそう出てくるもんやあらへん」

「お酒は？」

「…………」

「おくもじ。そんなんだけやのうて、大納言典侍局《だいなごんないしのすけのつぼね》は大すもじ。ほかにもありまっせ」

無為は京で生まれ育ったから、そういったことは友軌よりくわしい。

「じゃ、どうしたらええんでござるか」

内容もわからない、書き方も言葉もわからないでは、偽《にせ》ものの作りようがない。

「宗匠にお伺いをたてたらどないでしょ」

「いっしょや。読めても書いたことはないよって」

「……女房奉書はあきらめて、ふつうの礼状にし申すか」

「内裏《だいり》がそんなん、出しまっか。いくら田舎侍やて、すぐに察しますがな」

「ならば、はじめからないことにして大納言どのの書状かなにかに……。鷹司《たかつかさ》どのにござろう」

「すると花押《かおう》、似せて書くのん？」

むう。

女房奉書には花押がないが、大納言の書状ならば当然最後に花押がある。似せて書くとしても、手本となるような手紙もないし、あってもそこまで器用なことはできない。大納言さまの花押では、いいかげんに書けば、あとで簡単に偽ものだと露見する。

ふたりで悩んでいると、宗牧がもどってきた。

「どや、できたか」

かなり飲んできたようだ。顔が赤く、舌がもつれている。ひとり石川屋敷の酒宴に残っていたのである。

「いや、それがなんともむずかしゅうて」

「なに言うとんのや。連歌師たるもの、それくらいできんでどうする」

天下一の宗匠はあいかわらず無茶を言う。

「ここはひとつ、女房奉書などなかったことにして、松平さまは素通りするってのは」

「阿呆。松平さまへ女房奉書がでたと、このへんで噂になっとるぞ」

「へ？」

「ゆうべ宗順に話したやろ。あやつ、そこらじゅうに触れ回ったらしゅうて、酒の席でも言われてしもうた」

当然、宗順には女房奉書を届けにきたと話してある。そのときはちゃんと女房奉書があったから、なんの用心もしなかったのである。

「そしたらもう、正直に……」

焼けてしまった、でいいではないか。

「それはならん」

女房奉書をいただいた、と周囲に知れてしまった以上、どうしてもきちんとしたものを渡す必要がある、と宗牧は言う。

「燃え残りの女房奉書なんぞ、松平さまは納得しても家来連中が承知せんぞ。わが主が侮辱《ぶじょく》されたと怒り出すやろ。三河者の主思いは強烈やでな」

下手をすると斬られるかもしれない、とまで言われて友軌ははじめて女房奉書の重みを知らされた思いだった。松平方からすれば、この女房奉書は何十貫文もの貢納をしたことの見返りなのだ。礼としてそれ相当の形が整っていなければ、馬鹿にされたと怒って当然だろう。

胸の上に重石をおかれたような感じで、その晩は燃え残りの女房奉書をにらんで一睡もできなかった。

三

安部殿はその夜のうちに戦場から帰ってきたとのことで、早朝から金剛軒にお呼びがかかった。さっそく三人で安部屋敷に参上し、連歌の一座をはじめた。

「遠山に心は雪の朝戸かな」

安部殿は張り切ってよく句をだす。戦場で手柄をたてたのかと思ったが、聞いてみると今回は小競り合いだけで戦いらしい戦いはなかったらしい。それでほっとしたのか暴れたりないのか、連歌にかける意気込みは並々ならぬものがあった。

「よき句にござりまするな」

宗牧は宗匠の座にあって、いつもとかわらぬすました表情で一座をすすめている。女房奉書のことなど忘れているようだった。

友軌はいつものように執筆をつとめた。宗牧が請けた句を書きとめ、詠み上げるが、ときどき句を忘れて聞き返さねばならなかった。頭の中は女房奉書のことでいっぱいだった。無為も連衆に加わってはいるが、いつもより句の出が少ない。

「冬の朝げに帰る足音」

これは宗順である。聞いた宗牧はむっとした顔をした。

「ちと直したらいかがかな。前の句が遠山に、ときておるに、すぐに足音が聞こえるのもおかしなものでな」

「ははあ、さようにござりまするな」

宗順は不出来をみとめると、苦笑いしつつ頭をかいた。

指合はないが、駄句である。前句とつながりが悪いし、詩境がひろがっていかない。

それからあとも、宗順はたくさん句を出すものの、なかなか請けてはもらえなかった。

——これで一家を張れるのかいな。

やや意外だった。これまで出会った田舎の連歌師たちは、総じてきらめきや新鮮さはなくても、前句とよく解けあう手堅い句を作ったものだ。そんな連歌師たちにくらべると、宗順の腕は、三十前後と若いことを差し引いても、格段に落ちる印象だった。

陽が西にかたむくころに百韻を詠みおわり、連歌の座はそのまま宴席にかわった。

「お屋形さまにはいつ、お目見えさっしゃるかな」

安部どのが宗牧に問いかけている。友軌の胃の腑がきゅうっと縮まった。お目見えのときには当然、女房奉書を渡さなければならない。

「もう帰ってござったかな」

宗牧はのんびりときく。

「お城には、まんだ帰ってござらんようだて。二手にわかれておったでの、われらが先になったようじゃが。今夜か明日には帰らっせるじゃろ」

「すると明後日かな。しかしあまり長居をしては金剛軒どのに迷惑やしな」

「女房奉書たらいう、ありがたいものがあるがや。渡さんでは去れぬじゃろ」

ぎくりとした。やはり話題になっている。どうしてもニセの奉書をでっちあげざるを得ないようだ。しかしどうしたらいいのか、見通しはまるで立っていない。

「なにか深刻な顔をしてござるが」

考えに沈んでいるところに、横合いからいきなり話しかけられた。

「加茂《かも》の水で造った酒やないと、口にあい申さんのやろかな。ここのは造り方のせいか、ちと臭みがおますよって」

丸い笑顔は宗順だった。

「いや結構な酒で。おいしゅういただいとります」

味がわからない、というのが本当のところだった。

「田舎の人々は女房奉書というと、えろうありがたいもんやと思うてはりますな。それこそ家宝にしようとしてなさる」

宗順は淡々と言う。言われる友軌のほうは言葉のひとつひとつが胸に突き刺さってくるようだ。

「いつからこちらへ？」

これ以上女房奉書の話をしていると動悸が強くなる一方なので、話題を変えた。

「さよう、四年になるやろか。京で侍勤めをしておったんやが、主取《しゅうど》りがいやになってしもうて」

「どちらのお家に奉公なさってござったんで」

「一条どのやが……」

答えはするものの、触れられたくないというそぶりを見せた。やはり噂は本当か。

田舎の連歌師の暮らしぶりは、友軌にとって興味のある話題だった。いずれは自分もどこかで庵を結び、田舎連歌師となることが見えているからだ。

酒をすすめながら、根ほり葉ほり宗順の暮らしぶりを聞き出すことになった。はじめは渋っていたものの、宗順は陽気な酒で、次第に口数が多くなっていった。

聞いていると、宗順の妻はなかなかの才媛で、岡崎の国人衆の妻や娘たちに京風の礼儀作法を教えたり、話し相手になったりして重宝されているという。

「いただく祝儀なども、それがしより多いくらいでな」

とうれしそうに言う。あの連歌の腕前からして、おそらく本当だろう。

京の女はよく働く。物売りはたいてい女だし、頭の上に桶《おけ》や箱をのせ、幼子の手を引いて歩いている女たちもよく見かける。もちろん男も働いていて、夫婦ふたりの稼ぎでようやく一家の食い扶持《ぶち》をまかなっているのだが、宗順夫婦は、それをここ三河でも実践しているようだ。

連歌の腕はたいしたことはないと宗順を見下していた友軌だが、話を聞いて少し見直す気になった。

連歌師など、いくら出世したところで浮き草稼業にはちがいない。明日や明後日の糧は得ることができても、ひと月後、半年後にどうなっているかはわからない。ましてや数年後を見通すことなどとてもできない。

独り身ならそれでもいいが、子どもができたりすれば、行く末に不安を感じることもあるだろう。そんなとき妻がいて食い扶持を稼いでくれたら、これほどありがたいことはない。

そう考えると、女でしくじって京を追われたように言われているが、この男、案外な幸せ者ではないのかと思えてきた。

夜更けまで飲み明かし、金剛軒にもどって正体不明で寝ていると、

「こりゃ友軌。寝て、どないする。さっさと奉書を書かんか」

と宗牧にたたき起こされた。

「そやかて、無理どっせ。むつかしすぎて」

「なんでもええからでっちあげるんや。明日やぞ明日」

安部どのは主人である松平三郎を褒《ほ》めたたえ、天子さまからお褒めの言葉をいただくのは家の名誉だと泣かんばかりだったという。

「田舎ものは大げさや。しかも松平さまは親代々の主人やでなあ。粗相があったら自分のことのように怒るで。きちっとしたものを渡さんと手討ちにされるぞ」

白刃が目の前にちらつきそうになった。それはたまらない。

ふたたび無為と机に向かったが、いい考えは出てこない。こうなったら自己流の散らし書きでやっつけるしかないかと、勇気をふるって紙にむかってみた。すると無為がやる気のなさそうな声を出した。

「このあたりの者どもは、京風の書き物には通じておるそうやけど。おかしなもん書いたら、すぐに見破られるやないの」

筆をもった友軌の手がとまった。それは気をつけねばならないが、どこかで聞いた話だなと思った。

「なんでまた？」

「いや、宗順はんのご内室が京風の礼儀から書にまで通じておって……」

昨晩、宗順本人から聞いた話だった。

「待った」

何かが頭の奥でちかちかと発光している。宗順の内室、京風の礼儀……。

「それやったら！」

友軌の頭の中でふたつの話が結びついた。思わず膝をたたいた。

「宗順はんに頼んで、ご内室さんに書いてもらやえぇのや」

# 四

「そんな大事を持ってこられても、こちらも困りますがな」

と、宗順は一言《いちごん》の許にはねつけた。丸い顔の小さい目を思いきり見開いて友軌をにらみつけている。

友軌は宗順の庵をたずねて談じ込んでいた。

岡崎城の東北、茶臼山《ちゃうすやま》の麓にある小さな庵だった。垣根門の左手に庭があり、母屋は十五坪ほどと見えた。四周に濡《ぬ》れ縁《えん》を張り出し、西に水屋があった。友軌は濡れ縁に腰掛けて、座敷に行儀よくすわりこんだ宗順をかき口説いた。

宗順が尻込みするのは当たり前だった。もし偽ものとわかって、それが宗順の妻が書いたものと知れたら、岡崎じゅうの怒りが宗順夫妻に向くことになる。岡崎を追われるくらいですめばいいが、下手にこじれると手討ちにされるかも知れない。

「女房奉書がどんなもんかなんぞ、ここらの者にわからへんがな」

断られても、友軌も簡単に引く気はない。

「やったら友軌はん、書けばええやないの」

「ここらの者は、みな宗順はんのご内室さんに書や礼儀作法を教えてもろとるのやろ。そしたらわしらが書いて、ご内室さんの教えとちごうておったら、みな怪しむやないか」

「そりゃそうやけど」

「怪しんで、どうなるやろ。わしらが疑われるだけやったらええが、女房奉書が間違いやと思うやろか。それともご内室さんが間違っとると思うやろか」

「え、どういうことで？」

「こちらは天下一の連歌師や。よもや偽の女房奉書を持ってくるとは思わへん。するとご内室さんが怪しまれるで。あのお人、本当に京でやんごとなきお方にお仕えしとったんやろか、て」

「友軌はん。脅しに来たんかい」

「だからここで話し合うてやな、ご内室さんの教えたこととたがわぬように書けば、どちらのためにもなるやろ」

「…………」

「どちらも黙っておけば、露見することはあらへん」

「…………」

「どうしても手を貸せぬと言うならわしが書くが、そしたらしばらくの間は、ご内室はんは面倒なことになるで」

「…………」

「女房奉書のほうが偽ものや、て言いふらしてもあかんで。そんなことしたら、北野神社連歌会所奉行の名で連歌師仲間に一筆廻すことになるでな。日《ひ》の本《もと》六十余州どこでも連歌師を名乗ることはできへんようになるで」

精一杯凄《すご》んでみせると宗順はしぶい顔になり、相談してみるといって奥へ入っていった。といっても小さな庵だからふたりの話す声は奥へも聞こえているはずだ。

ほどなく困惑した女声が奥から聞こえてきた。どうやらご内室さんはいやがっているようだ。気持ちはわかる。

「やはりこれ、勘弁してもらえまへんやろか。あれがどうしても嫌やと、きかしまへんのや」

さっきより情けない表情になって宗順は言う。

「そやからお互いのためやて。ようく考えてもらえんやろか」

友軌がねばったので、宗順は縁先と奥とを何度往復したか知れなかった。

「あかん。うちの者はそんな恐ろしいことようせんと言うとる」

この寒さの中、宗順は汗びっしょりになっている。

結局、うんと言わせることができず、友軌はひとまず引き揚げた。

その後、友軌と入れ替わりに無為が押しかけて嘆願したが、宗順の堅い防壁を破るには至らなかった。無為とため息をつき合ったが、他の方法は思いつかなかった。そうこうしているうちに、もはや日暮れが近くなっている。なんとしても今日中に説き伏せなければならない。

やむなく宗牧の出馬をあおいだ。

「わぬしらで始末をつけい」

と言っていた宗牧も、このままでは自分の身に災厄が及ぶと悟ったか、しぶしぶ友軌のあとについて宗順の庵まで行った。

宗順も、宗牧に来られては断れない。

「いやもう、それは、へえ、宗匠にご迷惑をかけるようなことは連歌師としてできまへんので。ようわかりました。うちの者にはなんとしても書かせますさかい」

それまでとは違った顔つきで宗順は奥へ入ってゆき、低い声でなにやら話し込んでいたが、やがて晴れ晴れとした顔で出てきた。

「朝方までには書いておきますよって、取りにござれ」

友軌は深々と頭をさげて庵を辞した。

その夜は久々にぐっすり眠れた。


しかし、翌朝一番で宗順の庵に行ってみると、まだ墨が乾いていないといわれて追い返されてしまった。一刻ほどしてまた行くと、こんどは墨をこぼしてしまって書き直していると言われ、また一刻後にくるように言われた。

「書く気、あるんでっか。仮にも天下の宗匠に頭下げさせたんやで。やらんとは言わせへんで」

「書きますがな。あんまり大仕事やもんで、つい手が震えてしもうたんや。もうちょっと待ってやっとくれやす」

さすがに友軌も腹が立って、ここで待たせてもらうと居直ると、宗順が拝まんばかりにして帰ってくれという。宗順も内室と宗牧との板挟みになって苦しんでいるらしい。

やむなく引き揚げたが、庵にいても落ち着いていられず、すぐに出直した。無為と宗牧も順繰りに顔を出してやいのやいのとせっついた。

昼すぎになってようやくできあがったが、よろこんでもらい受けたところ、すでに切り封——手紙の端のほうに細長く切れ目を入れ、畳んだあとをその切れ端で巻いて糊で貼り付け封をする——がされてあった。中味をあらためたいが、封がしてあってはそれもできない。といってぐずぐずしていると日が暮れてしまう。

三人とも疲れ果て、もう勘弁してくれ、と言いたい気分だった。そのまま持ってあがることにした。

昼下がりに宗牧一行は岡崎城へむかった。

友軌の抱える文箱《ふばこ》の中には、油紙につつまれた女房奉書がはいっている。三人はむっつりと押し黙って大手門をめざした。

勢いで登城してはみたものの、二の丸会所の控えの間に通されて待っているあいだに、友軌は次第に不安になってきた。

「宗順はんのご内室さんてのは、どこに奉公しておられたんで？」

「さる宮様のお屋敷やというのやが。さてどこやったかな」

宗牧もさほどくわしくはないらしい。

「よほど位のあるお方やったんでっしゃろな。書に通じておるということは」

「そういうことになるやろな」

内裏や宮家に仕える女官は、その出自によって上臈《じょうろう》、小上臈《こじょうろう》、中臈《ちゅうろう》、下臈《げろう》にわかれている。上臈や小上臈は雲の上、殿上人《てんじょうびと》の娘であるから、まかりまちがっても宗順の妻にはなるまい。中臈は四位、五位の公家の娘で、このあたりも考えにくい。下臈は公家に仕える侍などの娘だから、可能性はある。

しかし下臈に女房奉書が書けるだろうか。公家の娘となると、家の位の高低と教養の高低はほぼ一致する。友軌の頭の中にぽつんと疑惑の黒雲があらわれた。

「宗順はんは？　一条さんに奉公しとったて言うてはったけど」

「もともとは一条さんとこの又者《またもの》や」

又者とは一条家の家臣のそのまた家臣ということである。もちろん官位はなく、そこらの土民と同じである。

そんな身分の低い者が、京風の礼儀や書を教えられるほどのお姫さまと夫婦になるだろうか。疑惑の黒雲が頭の中でむくむくとひろがっていった。

「あれ、中味を見たほうがええのとちがいますやろか」

「今さら見てどないする」

「いや……、心配してござらんので？」

「心配は心配やが」

宗牧は危険なもののように偽の女房奉書を見つめた。

「もしかすると、わしらに見られんよう、こんなに手間をかけたんやないやろか」

無為が横から口を出した。

「えっ」

「宗順の内室はんは、本当はとても女房奉書にかかわるような身分やない。でもやんごとなき方の女官やったと言っている手前、書かざるを得ん。そやけど書き方がわからへん。なんとか書いたけど、わしらにもわかるような偽の書や。登城するぎりぎりまで待たせてわしらが見られんようにした」

「そしてわしらが松平さまに披露してしまえば、もうわしらが取り繕うしかない、てことか」

「これは宗順の内室に書かせたもので、とはわしらは口が裂けても言えへんさかい、あやつにすれば、わしらが受け取れば、それでええのや」

宗牧は口をへの字にして考え込んだが、やがてゆっくりと首を横に振った。

「あかん。今さらどうにもならん。出来が悪かろうが、このまま渡すしかないわ。わしら、この女房奉書に一蓮托生や。わぬしらも覚悟しとき」

そう言って宗牧は目をとじた。友軌も深いため息をつくと、宗牧にならった。

五

「もの申す。案内《あない》申す」

小さな庵だから大声を出さなくても裏まで筒抜けだが、友軌はありったけの大声で呼ばわった。

「宗順はん、宗順はん」

無為も声をあげる。

「どなたかな」

すぐに宗順が出てきた。友軌を見てはっとした顔になった。やはり不安に思っていたらしい。

「いかが……」

やや腰を引き気味に、目をきょろきょろしながらたずねる。友軌は飛びついて宗順の手をとり、正面から見据えながら言った。

「おおきに。ありがとうさん！」

「ふえっ」

宗順は面食らっている。友軌にしてみれば、いくらお礼を言っても言い足りないくらいだった。

女房奉書は完璧だった。

三行書いてはあちこちに飛ぶ書体といい、いわくありげでありながら何を言いたいのかわからない内容といい、いかにも女房奉書らしかった。宗牧がうなったくらいだから、田舎大名が見破れるはずもなかった。

堂々と奉書を渡して、城を下ってきたところだった。ともあれ、ふたつめの女房奉書を送達する仕事はおわった。

「助かり申した。ぜひともご内室さまに御礼を申しあげたくてまかり越し申した」

「いやあ、礼など、そんな」

「そう申さず、ぜひ」

同行してきた無為も手を合わせる。

完璧な女房奉書に驚いたあと、書いたご内室さんの顔が見たくなった。いったいどんな女性《にょしょう》なのか。

「かように美しい手跡《て》なんやから、高貴な家の姫君であられたにちがいあらへん」

と無為は決めつけている。おっとりとした、源氏物語に出てくるような姫君を想像しているらしい。

友軌はそうは思わない。出自はよくないが、うんと経験を積んだ女官なのではないか、と推測していた。

内裏でも宮家でも、家政をあずかる女官は夫をもたない。天子さまや宮様のお手がつくか、女官を辞してどこか武士の家に嫁すれば別だが、そうでない女官は勤めを辞したあと、いずれ尼寺へ入ることになる。

宗順の内室は、長い間女官をつとめて実務に熟達し、家政を切り盛りして頼りにされるような女傑だったのではなかろうか。そしてある程度の年齢まで奉公ひと筋でひとり身を通していたが、老いたあとは尼寺へ入って一生を終えるのかと思うと急にわびしさを覚え、つい手近にいた宗順と深い仲になってしまった、というような事情ではないか。

他人の妻を値踏みするなど悪い趣味だとはわかってはいるが、隠されるとますます見たくなるのが、連歌師だけでなく人の性《さが》である。そこで無為とふたりで押しかけてきた。これほど教養のある女性がなぜ、宗順のような未熟な男とこんな草深い田舎へ下ってきたのか。ひと目見ずにはいられない気分だった。

「うちのものは恥ずかしがりで、殿御の前に出るのは、ちと」

「なんの、わしらなど男の数にも入らへん」

「昨日はずいぶんと何度も足を運ばせて面倒をかけてしもうたゆえ、合わせる顔がないと申しておって」

「いやいや、こちらがお頼みしたことにござれば、足を運ぶのは当然にござる」

宗順はのらりくらりとかわそうとするが、友軌は強引に御礼をと言い張った。

「なに、われらでは不足でござったか。礼をするにも宗匠を連れて来ねば、貫目が足りぬと申されるか」

いい加減しびれをきらして、芝居がかった所作で慇懃《いんぎん》に脅しにかかった。

「そないに言わんでも。宗匠まで持ち出されたらかなわん」

宗順はしぶしぶ奥へ入っていった。

ずいぶんと待たされた。着替えをしているのだろうかと思った。そのうちに衣擦《きぬず》れの音が聞こえてきた。無為と顔を見合わせた。いよいよご内室さまのおでましだ。

六

翌朝、一行は金剛軒をたって西郡へとむかった。

宗順はもちろん、松平の家人も見送りにと途中まで同道した。西郡から迎えの連歌師もきていて、にぎやかな道中となった。

宗順は宗牧の馬につきそうようにして歩いている。馬鹿話をしているのか、ときどき宗牧も朗らかな笑い声をあげていた。

友軌は無為とならんで歩いた。

「宗順はん、あのようにくわぁっと明るいところがええんやろか」

「なに考えてんのやろ」

「なにも考えてへん。考えてへんところがええんや」

無為も感想はいっしょのようだった。呆れた。降参。ぼやきしか出てこない。人にはいろいろな取り柄があるものだ。

「女房奉書のことがうまくいったのやさかい、感謝せな」

「そりゃ感謝してまっせ。それでもなあ」

「友軌はん、妬《ねた》んでまんのか」

無為に言われて、友軌は渋面をつくった。

「阿呆な」

「そうとしか見えへんけど」

無為はため息をつき、

「たしかにええ女やった。うらやましいわ」

と言った。

無為の言うとおり妬んでいるのかもしれなかった。だがその中味は、無為の想像とはかなりちがっているだろう。

昨日、宗順の妻は出てくるなり、

「はい、ごきげんよう」

と言ってにっと微笑んだ。

白小袖に紅袴、垂髪《すいはつ》の女は宗順よりやや年輩に見えたが、さほどの年齢ではない。しかも塗りこめた白粉のなかでも目鼻立ちのはっきりした、きりっとした輪郭の美女だった。

「お文《ふみ》、足りましたかえ」

「は、おかげさまをもちまして、無事済みましてござる」

友軌は思わず平伏した。

「おするするとお運びかえ。それはおめでとうさん」

そう言ってから、なにがおかしいのか袖で口元をおおって忍び笑いをした。

「三河へ下ってまで主上のお文を書くことになろうとは、思いもしまへんどしたえ」

ということはこの女は本物の女房奉書を書いたことがあるのか、と友軌はびっくりした。

「主上のおそばにお仕えしたことはあらしまへんけど、宮様のお文はよう書かせていただきましたよって」

友軌の心の内を見透かしたように言った。どこか楽しそうだった。

女房奉書は内裏からだけでなく、摂関家や宮様の家も出すのである。なるほど、どこかの宮様に仕えていた女房だったのか。

「お屋形さんはごきげん麗《うるわ》しゅうあらしゃりましたか」

「尾張との取り合い、ご戦勝なられたようで、機嫌ようご奉書拝受いただいてござる」

「さよであらしゃったか」

ご内室さんは満足そうにうなずいた。

「遠路の下向《げこう》、ご苦労さんなことどす。このあともお文をお届けならしゃるそうな」

「はあ」

「お気をつけておくばりやす」

これが宮家の元女房かと面食らったが、女の口調には押しつけがましさはどこにもなく、ほのかににおう香のような奥ゆかしささえ感じられた。世慣れしている点も、友軌よりは上のようだった。

初老の域にはいった、疑り深くて権高な女官のなれの果てを想像していた友軌も、世間知らずのふにゃりとした姫君を思い描いていた無為も圧倒されてしまい、お礼など何を言ったかわからない。帰りはふたりとも無言だった。

あんなできた女性が、ちょっと足りないような宗順と夫婦になっている。世の中にはままあることかも知れないが、実際に目の当たりにするとなにやら割を食ったような気分になる。不当に損をしたようで落ち着かない。無為はそんなことを言った。

「友軌はんもそう思わんか?」

そうかもしれない。だが友軌の思いはちょっと違っていた。

宗順と内室さんとの間に、なにかなつかしいような匂いをかいでいた。頼りになるしっかりものの女性がいて、それに庇護されるように暮らしている男。

合戦に負け、父を失った友軌の家は、母のがんばりでしばらくの間は持ちこたえた。父が死んで名目上は家の主となった友軌だったが、十七歳の少年にできることは限られていた。母は作人や家の子を叱咤し、先頭に立って働き、主のいなくなった家を呑み込もうとうるさい親族どもの差し出口をはねのけ、獰猛《どうもう》な他の地侍との境相論《さかいそうろん》まで口を出した。

あのころは、まだ世間の風は母親という屛風にへだてられて、友軌に直《じか》に吹いてきてはいなかった。不安でありながら世の中に怯えていたわけではなかった。

しかし大車輪で働いていた母は、春先にひいた風邪がもとで咳が止まらなくなり、十日ほど寝込んだだけで亡くなった。友軌が領地と屋敷を押領されたのは、それからひと月もしない間だった。

懐に手を入れて温めてくれるような母がいて、困ったときにはかばってくれる。そんな日々はもう二度と帰ってこない。

だが宗順はいま、それに近い思いをしているのではないか。しっかりした女性に庇護されて、ぬくぬくと世間を渡っている。世の中にはそういう幸運な男もいる。

「つまり、連歌師も捨てたもんやない、いうことや」

友軌は自分に言い聞かせるように大きな声を出した。殺されても弔いも出してもらえない連歌師という商売も、悪いことばかりではない。そう考えることにした。自分が宗順とおなじ立場になるとはとても思えないが。

無為が首筋をぽりぽりとかきながら、そうやな、と言い、あいまいにうなずいた。

# 第六話　女曲舞《くせまい》

## 一

本殿を左手にして四隅に青竹をたて、注連縄《しめなわ》をはった三間四方が舞台だった。その娘は薄紅《うすべに》地に白と浅葱《あさぎ》で桜の花や葉を描いた小袖をきて、頭には白い頭巾《ずきん》をいただいていた。

南無や西方極楽浄土
三十六万億　同号同名　あみだぶつ
なむあみだぶつ　なむあみだぶつ

白い頬をほんのりと赤く染めて、鉦《かね》を打ち鳴らしながら澄んだ声で謡い踊る娘を、友軌は食い入るように見つめていた。

娘の腰はぴたりときまって上下に動かず、滑らかに送る足は優雅に伸びた。舞台の上を丸く舞って、いま、友軌の方をむいた。

友軌はその視線を逃すまいと背伸びをし、身を乗り出した。

黒目がちな瞳が友軌を見てとまったかに見えた。その刹那《せつな》、友軌の背中から指先までさざ波のような痺《しび》れが走った。

——あー、たしかにわしを見はった。

心の臓が高鳴っている。気がつくと冬だというのに掌がねばついていて、手拭いをとりだして拭かねばならなかった。

雪の残る境内には見物人が詰めかけていた。知らぬうちに人を押しのけて前へ前へと進んでいたらしく、周囲から嫌な顔をされたが、謝りもしなかった。

五番まで謡い踊ると、娘は軽く一礼して左手の幔幕《まんまく》の中へ消えた。

友軌はしばらく幔幕から目が離せなかった。

一行がここ、三河国西郡《みかわのくににしごおり》に着いたのは閏十一月半ばで、それ以来二十日間近くも逗《とう》留《りゅう》している。

娘をはじめて見たのは五日前、隣村の神社で興行があったときだった。紅染めに花菱紋の小袖をきて、念仏踊りを踊っていた。

急調子の鉦に合わせてなむあみだぶつ、なむあみだぶつと唱える声があまりに澄んできれいだったので、気を引かれてその場にすわり込んだ。そしてじっくりと娘を見ると、きれいなのは声だけではないと気づいた。手つきが美しい。頭が小さく、全体に小ぶりな姿もいい。小野小町《おののこまち》ってこんなんやなかったやろか、と思った。

踊りが終わって娘が舞台の袖に消えたときには、すっかり娘の虜《とりこ》になっていた。娘の踊る姿が友軌の頭から離れなくなって、別の娘の踊りがはじまっても、友軌の目にはあの娘の姿がちらついていた。

あちこち聞き回って、娘が鶴菊《つるぎく》という名であることと、五日後にまた興行があることを知った。そうして今、友軌はここにいる。

――菩薩《ぼさつ》様や、観音様や。

甘い余韻にひたっていると、

「これは執筆どの、ご見物だか」

いきなり肩を叩かれ、友軌は飛び上がりそうになった。振り返ると、目を糸のようにして微笑んでいる侍がいた。

「羽生《はぶ》の檀那様」

友軌はあわてて向きなおり、深く一礼した。こんなところで会うとは思いもよらなかった。

「なんやら口をくわっと開けて涎《よだれ》を垂らして見てござったが、鶴菊にご執心かえ」

「えっ。あ、そのう」

「ええ娘だら。涎を垂らして見ておる気持ちはようわかるだに。どえれええ娘だら」

「はあ、なかなかよき娘にござる。踊りが極まってあの白い頬に赤みがさしたところなど、弁財天《べんざいてん》とも歓喜天《かんぎてん》とも申せましょうぞ。都にもまれな美女にござる」

「そなたもそう思うだら。何ともよう言わん、色香の匂う娘にあらあず」

羽生助兵衛《すけのひょうえ》はひとりでうなずいている。西郡の地侍のひとりだ。瓜《うり》のような細い頭に小さな髷《まげ》をのせている。細い目が優しげで人のよさそうな顔だが、目の下に向こう傷があって、戦場では働きそうな感じがする。

「今日はお供もなしで」

「そらもう、踊り見物に供もありゃせんがや」

「お目当てはござるので」

「こりゃ執筆どのも察しが悪いだら。あれ、あれだがや」

羽生が顎をしゃくる。悪い予感が頭を過《よ》ぎった。

「鶴菊で」

「そうずら。このまえ文《ふみ》を書いてもらったが、どうも功徳《くどく》があらせんようでの」

羽生に初めて会ったのは、上《かみ》の郡《ごおり》城で行われた二回目の連歌興行だった。百韻を詠み終わったあとの酒席で酔った羽生が、付け文したい女がいるが字が下手で難渋していると言いだした。友軌もかなり酩酊《めいてい》していたので、勢いで代筆を買って出たのである。

羽生助兵衛は上の郡城主、鵜殿長持《うどのながもち》の家来で、宗牧の出る連歌興行には参加できる身分ではない。連衆には加わらず、端で見ていた。それでもあとの宴席には出してもらえたのだから、地侍としては身分の高いほうだろう。

しかし羽生の場合、字が下手というのは見栄を張っていうことで、そもそも読み書きができないのではないかと友軌はにらんでいた。国人衆ならば、まず読み書きはできるが、その家来の地侍となると、目に一丁字のない者はいくらもいる。

「そらどうも。面目ないことで」

顔は笑っていながら、友軌の声は尖ってゆく。付け文の相手が鶴菊だと知っていたら、絶対に書かなかった。

「見れば見るほど天女だに。一晩、掻き抱いてすごせたら極楽だら」

「いや、まことに」

同じことを考えんでよろし、と言いたい。

そのうちに次の踊りがはじまった。

いとまごいには来たれども
碁盤表《ごばんおもて》で目がしげければ
まずお待ちあれ
柴《しば》の編戸《あみど》も押せば鳴る

はっきりとした目鼻立ちの美女が扇を持って、しなを作りながら踊っている。

「これが評判の加賀女《かがじょ》の踊りで」

「オトナどもが騒いでおらっせる。わしにはどこがええかわからせんが」

加賀と呼ばれる女は背が高く、肉置《ししお》き豊かな軀《からだ》をしていた。鶴菊の初々《ういうい》しさとは反対に、なにやら淫《みだ》らなものを発散しているように見える。

「あの女で一座はもっておるそうだのん。座長だともいうし。どうせ食えぬ女だら」

「女曲舞《くせまい》の一座にござれば、女座長でも不思議はござらん。聞けば京の声聞師村《しょうもんじむら》から来ておるとか。声聞師村の者なら才長《た》けておろうし、踊りの仕立ても一流にござろうて」

「京から武蔵国《むさし》まで足を伸ばして、その帰り道じゃっちゅうがに」

旅芸人の一座だから、この村にいるのもそう長くない。ということは鶴菊の姿を見られるのも、あとわずかということになる。

「なんとかならんかのう」

羽生は切なげに小さくため息をついた。あの天女のような姿を見られなくなるかと思うと、ため息をつきたくなるのは友軌も同じだった。

「宗匠もそろそろ出立されるかのん」

加賀女の踊りを見ながら、羽生助兵衛が小声で訊いた。

「へえ、千句興行ももうすぐ終わりどすし」

一昨年、宗牧が尾張まで下ったときに、西郡へ来るようにとの誘いがあったが、果たせなかった。そのため、次の機会には西郡で千句興行をするとの約束を鵜殿氏との間でかわしていた。

西郡にきてから、上の郡城や下《しも》の郡《ごおり》城と場所を移しながら百韻を詠む興行を繰りかえして、二日前にようやく九百句詠み終えたところだった。明日には千句興行は完了する。そのあと西郡を出発することになる。

「それにしても連歌宗匠とは豪儀なもんだのん。あのけちんぼの殿様が下へも置かぬもてなしをしとらっせる」

「いやいや、こちの里も繁盛《はんじょう》で、めでたいことでござる。これも殿様のご威光あまねく行き渡り、神仏のご加護を得られしゆえかと存じてござるが、わが宗匠もそのおこぼれにあずかってござる」

「上の郡城の殿様だけやのうて、下の郡城や五井《ごい》城からも殿様がおいでんさって、深溝《ふこうず》の松平様までお見えや。どういう大一座かと、われら仰天しとるわのん」

「いや、なかなか至りませんで」

城主と席を同じくし、ときには城主の詠む句を返す宗牧は、ただの地侍の羽生助兵衛にはまぶしい存在に映るのだろう。

ふたりで話し込んでいるうちに、舞台ではむんむんと色香の漂う加賀女の踊りも終わり、見物人が引き揚げはじめた。

「こうなりゃ直に申してみるに。鶴菊に惚《ほ》れ申したによって会わせてくりょうと」

羽生助兵衛は息巻いて行ってしまった。

——猪《いのしし》武者かえ。ただ突っ込んだって無理や。声聞師村の一座が田舎者のいうことなど聞くわけもない。

一座は十数人で、警固の男衆もいる。簡単に会わせてくれるわけがない。

ゆっくり歩いて宿の長応寺に戻ると、「こりゃ、どこへ失せておった！」と師の宗牧から雷が落ちた。

「すんまへん。そこの天神様で踊り張行《ちょうぎょう》がありましたさかい、ちょっとのぞいておりました」

別にやましいことをしていたわけでもないのに、声が小さくなる。

「あの曲舞の一座か。女の尻を追っかけるのもたいがいにせえ。ええか。鷲津《わしづ》の寺へな、明後日に世話になりたし、とすぐ使いを出すんや」

「へえ」

「鷲津の寺は鵜殿様が大檀越《だんおつ》やで、悪いようにはせんやろ」

さっそく寺の小僧に頼んで鷲津の寺へ報《しら》せてもらうことにした。

未だ申し通さずと雖《いえど》も、啓達せしめ候。

東国への道中、旅宿恵み下されたく……

鷲津の寺へ短い依頼状を書くあいだ、友軌は何度も手を止めてぼんやりと目を宙に泳がせた。

――鶴菊の踊りももう見られへん。

そう思うと胸がきゅうっと痛んだ。

二

翌朝、下の郡城で鵜殿玄長を亭主として連歌興行を行った。

宗牧の発句からはじまって、百韻を詠み終えたときには暗くなっていた。やれやれと思って友軌は文台を片づけ、筆や懐紙を袋にしまった。連衆もそれぞれ背伸びをしたり談笑したりと、くつろいだ雰囲気になっている。

「こたびの一座はことのほかようできたによって、これを千句の巻軸（最後の百句）にと思い定めてござる」

宗牧が言うと、

「そらあ名誉なことにあらあず。天下一の宗匠の千句の巻軸なら、後世に残るだら」

亭主の鵜殿玄長は無邪気に喜んだあと、

「上の郡城の長持が巻頭でわしが巻軸とは、宗匠も上手だに」

といって笑った。

東三河には尾張の織田信秀のような強大な大名はおらず、城ひとつと狭い領地を抱える国人がそれぞれ主人面をして居すわっている。西郡も例外ではなかった。東西と北を山に囲まれ、南に海をのぞむ一里四方もないこの地にも、上の郡城、下の郡城など五つの城があった。

城主はみな鵜殿か松平の一族で、今は五つの城が組んで外敵に対処しているが、いつ駿河《するが》の今川や尾張の織田の手が伸びてきて分断されるかわからない状況だった。

京の宗匠を囲んで近隣の城主が一堂に集まるのは、互いの疑念を吹き飛ばすためでもあった。そこに気づかない宗牧ではないから、ちゃんとそれぞれの城主の間で釣り合いがとれるように目配りをしている。

「さて、なにもござらんが、酒だけはようけあるで、飲んでいってちょうでえ」

鵜殿玄長の合図で、下女たちが膳をもって入ってきた。

連歌会を行った会所は、畳を敷きつめた方三間の広間に、一段下がった八畳間がついている。鵜殿玄長の家来たちは宴席になると八畳間にさがった。方三間の広間には鵜殿一族と宗牧たちだけとなり、かなりの空きができた。

「田舎だで、料理が口に合わぬかもしらんで、目と耳にも馳走を用意しておるでのん。まずは味わってちょうでえ」

というと広間の空いたところに灯明台が持ちこまれ、同時に小鼓、笛、大鼓《おおかわ》の囃方《はやしかた》があらわれた。

「近ごろ世上に評判の踊り手でな。無理を言うて呼んでまいったに」

友軌は驚いていた。あの囃方の姿には見覚えがあった。ということは……。

「イヨオッ」と甲高い声があがり、小鼓の乾いた音が広間に響いた。大鼓が鋭い音をたて、笛が表情豊かな音律を奏でた。

障子《しょうじ》がしずかに開いて、紅染めの小袖を着た娘が楚々《そそ》と歩み出てきた。

友軌の顔に血が上った。

鶴菊だった。

千夜もかよえ　百夜ござれ

その約束の　違《たが》わんままに

囃子方の笛と小鼓にあわせ、高い声で謡いながら、鶴菊は観客を誘うように扇をあおいだ。謡いつつ扇を使い、腰をなよやかにかがめた。そして半円を描くようにぐるりと観客を見回した。

恋をせば　峰のお薬師　お参りやれ
峰の薬師は　恋の神

嫋々《じょうじょう》と鳴る笛の音と鶴菊の声はからみ合い、友軌の胸にしみ入ってゆく。座敷をうめた客もしわぶきもせずに聞き入っている。

今宵の踊りはずいぶんと艶《つや》っぽい。間近に鶴菊を見られる幸運にわくわくしながらも、嫌な感じが湧いてくる。こんな酒席に呼ばれるということは……。

友軌とて檀那の屋敷によばれ、夕餉の相伴《しょうばん》にあずかったことは数えきれないほどある。女曲舞や白拍子《しらびょうし》、遊女《あそびめ》を呼んだ酒宴のあとはどうなるか。そのままお開きということはまず、ない。

鶴菊のあとにふたりの娘が舞い、最後に加賀女が華やかに踊った。

「やれ、これはいかい馳走になり申した。老骨も少し若返ったようで」

盃ばかり残った膳を前に、たっぷり飲んで顔を赤くした宗牧が礼を述べた。

「友軌などは酒も飲まいで見惚れており申したな。うちの若衆はどれもこれもあかんたればかりでの」

宗牧の言葉に明るい笑い声が返ってきた。

「さあ、これからがお楽しみだで。もうええころかな」

玄長が目配せすると、下座《しもざ》から華やかな彩りの一団が入ってきた。さっきまで踊っていた女たちだ。すっかり酒が回った檀那方が手を打ち、「よおっ」と歓声をあげた。

城の者に案内されて、女たちはまず城主の鵜殿玄長の席にむかった。末席に控える友軌の前を通ったとき、甘い脂粉の匂いが鼻をくすぐった。近くで見る加賀女は目尻に皺があり、存外年増だとわかった。

加賀女をはじめ四人の女たちは城主にあいさつすると、宴席に散って酌をはじめた。

「こっちこっち、盃が空だに。早うせんと飢えて死んでまうに」

「こなたこそ酒があらへんに。酌に来なせ」

男どもがせっかちに娘を呼ぶ。奪い合いになると、やはり一番の人気は加賀女である。

「へえ、ただいま参じますさかい」

「あれあれ、忙しいこと。これ、虎若《とらわか》、そなたのほうが近うおすやろ」

はきはきとしたもの言いをする加賀女は、檀那方の声にこたえて自分でも酌をしながら、三人の娘を指図して宴席を巡った。

三人の娘たちは十五、六歳と見えた。鶴菊のほかのふたりは紅梅《こうばい》と虎若というらしい。みな酌をしながら、一杯二杯と酒を勧められている。

こうなると連歌師たちに用はない。檀那のお楽しみを邪魔しないよう脇に引っ込んでいるか、娘たちと檀那がたの間を取り持つかのどちらかだった。

宗牧はさすがに落ち着いて玄長の脇で話し相手をしている。玄長には紅梅という娘がつききりでいる上に、加賀女がときどき寄っては酌をしていた。

若い無為にはまだ酒席の取り持ちは無理だった。友軌と、岡崎からきた宗順が檀那方の機嫌をとってまわった。

「あれ、うち飲めへんのどす。堪忍しとくれやす」

鶴菊の声が聞こえた。振りむくと、盃を突きつけられた鶴菊が手を振っている。微笑んでいるが困惑しているのは見てとれた。

——行ってやるべきか。

気恥ずかしさが先に立ってためらったが、檀那は鶴菊をはなそうとしない。友軌は意を決してふたりの間に割って入った。

「ほれほれ、檀那様のせっかくの盃を断ってはあかん」

なぜか邪険な言い方になった。鶴菊が手に持つ瓶子をうばうと、檀那から突きつけられている盃を無理やり持たせた。

「でも、うちお酒は飲めへん……」

かまわず盃になみなみと酒を注ぐと、「さ、ぐいっと」と言った。

鶴菊にうらめしそうな目で見られた。

白粉を塗っているので肌艶はわからないが、眼差しは意外としっかりしていた。体つきと踊っている姿を見ていると十五、六と思えたが、もう少し年長かもしれない。曲舞の一座にいて檀那の酒宴に招かれたなら差された酒を飲むくらいは当たり前だが、こんな娘にはそれも酷《むご》いと思うのだ。さらにこのあとにもっと大変なことも待っているはずだ。

だが公界者として生きるのなら、覚悟しなければならないことだった。

「ぐいっと」ともう一度言った。やさしく言ってやるつもりが怒ったような口調になってしまった。

鶴菊は拝むように盃を持ったまま動かない。友軌を見る目は本当に困っていると訴えている。小さく紅を差した唇が半開きになっているのが愛らしい。友軌の顔がかっと熱くなった。だがここは檀那の酒宴だ。

「そっとも動かいでは、檀那様に失礼や」

そう言うと鶴菊の手ごと盃を持って、友軌は自分で酒を飲み干した。もう自分でも何をしているのかわからない。鶴菊の指は細く柔らかく、ひやりとしていた。

「えろう不調法いたしました。子供やし、堪忍しとくなはれ」

盃を袖口でぬぐって檀那様に返した。檀那はびっくりした顔をしている。鶴菊と目があった。白粉を塗った顔が一瞬笑い崩れ、白い歯が見えた。

なぜか救われた気になった。

酒宴はたけなわで、友軌は大声で馬鹿話をしてまわった。その間も鶴菊のことが気になって仕方がない。檀那の話にうなずきながらも、ちらりちらりと鶴菊のほうに目を走らせずにいられなかった。

鶴菊はあまりしゃべりもせず、盃を差されては「堪忍え」と断っている。

辛かろうとは思ったが、どうすることもできない。やけになって盃を重ねた。

そのうちに酔いがまわったのか身体中の血がとくとくと音をたてて駆けまわりはじめた。周囲が暖かい色に輝きだし、春の野に遊ぶような浮きたった心持ちになってきた。

「今宵は一段とめでとうおりゃる。女子にばかり踊りをさしめては連歌師の名折れにござるによって、それがしもひとさし、舞いをご覧に入れとう存ずる」

誰からも命じられないのに座の中央に立って大声を張り上げると、ぱらぱらと拍手があった。

「はンまぁ千鳥の友呼ぶ声は〜」

扇をかざしながら、舞いの足を踏む。声をあげればあげるほど、血の巡りが速くなり、気分がよくなってゆく。

三

目が覚めると小鳥の声が聞こえた。

――こらあかん。

あわてて起きようとしたが、胃の腑が焼けただれたようで、少しでも動くと吐きそうだ。頭も割れそうに痛む。起こした上体をそろそろと元の位置に戻さざるを得なかった。

あたりをうかがうと、どうやら昨晩の広間らしい。酔いつぶれてそのまま寝てしまったようだ。

聞き覚えのあるいびきが聞こえる。見るまでもない。宗枚もまだ寝ているということだ。

「起きなはったか」

無為は先に起きていた。

「えらい荒れようどしたな」

浜千鳥の踊りを踊ったあとは自分ではまるで記憶がないが、無為の話によると、どうやら同じ踊りを繰り返し踊っていたらしい。しまいに檀那方が怒りだしたので、無為と宗順が押さえ込んだが、馬鹿力であばれて往生《おうじょう》したという。

「そらあすんませなんだ。迷惑かけてしもうて」

素直に謝るしかない。

昨夜、鶴菊を見た瞬間から、酔ってやると決めていたような気がする。鶴菊が檀那方の枕席に連れて行かれるのを見ていないでいいように。そして企みはうまくいったらしい。何もおぼえていない。

吐き気はおさまらないが、今日は出立するから、荷物の整理をしなければならない。

宿の長応寺へもどったが、整理のためにすわり込んでしまうと、そこでもう手が動かなくなった。

――娘たちももう戻ったやろか。

城へよばれて踊りを披露し、酒宴で酌をしたあと、いくらか握らされて檀那と添い寝をしたにちがいない。鶴菊もそうしただろう。

夜伽《よとぎ》の相手をすることも食っていく手段だから、友軌が何をいうことでもないが、鶴菊が誰かに抱かれているところを想像すると冷静ではいられない。胸焼けと頭痛がさらに悪化するようだった。

そこへ宗牧が来た。顔が土気色で、息は酒くさい。弟子が弟子ならば師も師だと妙な親近感を感じていると、

「こりゃ友軌、鷲津の寺へ遣《つか》いをだせ」

とのたもうた。さては中気が頭へ来たかと心配になった。

「宿のことは先に申し入れしましたがな」

「それを取り消すんや。いましばらく逗留するでの。牛窪《うしくぼ》の菅沼《すがぬま》入道のところへ行くことになったよって」

菅沼入道というのは二里ほど離れたところに城を構える国人で、宗牧とは若い頃からの知り合いだという。昨日のうちに「ぜひ城へ来られたし」との書信が着いていたらしい。十二月十日ころに来てほしいというので、それまでここに世話になることにしたとのことだった。

友軌の胸は躍った。十日までいるのなら、また鶴菊の踊りが見られる。

「なにをにやついておる。あの曲舞の女子のことを思うておるのやないやろな」

友軌はどきりとした。どうしてわかったのか。

「とんでもないこと。ただ、なんとのう……」

「隠さんでもええ。あの酒席の振る舞いを見とりゃ誰にでもわかる。あの娘ばかり見ておったぞ」

顔をしかめていう宗牧に、友軌は返す言葉もない。

「声聞師村の連中はしっかりしとるわ。今日は二刻の約束やというて、月の傾き具合を見て酒宴の最中やというに暗い中をさっさと帰っていきおった。酒を飲んでもちっとも乱れへんしな」

「へ、帰ったんでっか」

「玄長殿は引き留めたそうやったがな、挨拶してさっと帰ってしもうた」

ということは、鶴菊は夜伽をしていないのだ。胸の中の黒い雲が晴れる気がした。どうやらいらぬ心配をしていたらしい。

考えてみればいかに城主とはいえ、奥方も側室もいる城で旅芸人など抱けるわけがない。取り越し苦労だった。

宗牧は大口を開いてあくびをした。

「ま、することもあらへんから、のんびりと都へ文でも書いてすごすわ。鷲津への遣い、忘れたらあかんぞ」

あいたた、と宗牧は額に手を当てつつ、足を引きずりながら広縁を歩いていった。

数日の猶予ができた。だが鶴菊も旅の最中で、いずれは京へ向けて発つ。結局は、どうしたってすれ違いだ。蛇《へび》の生殺しとはこのことだ。

それでも何かせずにはおれない。

——文でも書くか。

恋文を届けて、その上でどこかで逢うなり、夜に忍んでゆくなりするしかない。

——伊勢物語のようやな。何の段やろ。

友軌は頭を巡らせた。連歌師の卵だから、伊勢物語と源氏物語はすべて諳《そら》んじている。

——あれかな。伊勢の四十九段。


うら若み寝よげに見ゆる若草を　人の結ばむことをしぞ思う

在原業平《ありわらのなりひら》が愛らしい妹を見て詠んだ歌だと言われているが、兄妹ということをのぞけばそのまま今の友軌の気分ではないか。

——寝よげに見ゆる若草、とは何や。

思わず鶴菊の「若草」を想像してしまった。ますます胸が苦しくなってきた。もう居ても立ってもいられなかった。頭の痛いのを堪えながら懐紙と筆をとりだした。

まさかこの歌をそのまま書くわけにもいかないし、と頭をひねっているところへ、寺の小僧が来客があると告げにきた。

「いまそれどころやないんや」

とこたえたが、困惑した態の小僧の後ろに見覚えのある顔があった。

「執筆どの、お取り込みでござっただか」

羽生助兵衛は薄笑いをうかべて話しかけてきた。

「これは檀那さまで。いやいや、わざわざのお越し、もったいのうござる。ささ、どうぞおすわりになられえ」

と思わず言ってしまった。

「頼みごとがあってのん。また文を代筆願えんかのん」

「文、と申しますると」

「知れたこと。鶴菊への文だが。前にも申したようにわしは手が拙《つたな》いでのう。しかも女子への文や。きれいに書いてもらわばや、と思うてまかり越しただわ」

聞いた途端、友軌は顔が強ばるのを感じた。

「鶴菊といえば、この前の踊り興行のあと押しかけていきなさったが、首尾はいかがでござった」

つい問い詰める口調になる。

「あかんあかん。話にならん。男衆が寄ってきて一歩も近づけさせせんて。槍をもって蹴散らすわけにもいかんし」

「ならば、もう縁がないこととあきらめるがようござろ」

とつれなく言ってやったが、

「そうはいかんで。あの柔らかそうな軀をこの手で抱くまではあきらめんで」

まるでこたえていない。

「短兵急な攻めは無理と悟った次第だに。正面から寄せていくことにしたで。ならば文を遣わすのが常道にあらあず。わしの言うことを文にしてもらいてえ」

間の悪いことに手許に筆と懐紙がある。断るのも波風が立つ。やむなく友軌は筆を持った。

「どう書けばええのかわからんが、まず挨拶だか。よう当地へござれた、くらいかのん」

「ま、ふつうに書けばこうでござろうか」

友軌は筆を走らせた。

一筆啓上致し候、当地入部、今においては事旧《ことふり》候《そうろう》といえども、尚もって珍重珍重。慶賀日を追って重畳《ちょうじょう》たり。家門年を迎えて繁盛す。

「何やら挨拶だけでずいぶん長ぃの」

「いや、大切なお人にござれば」

書きながら気がついた。別におかしなことは書いていないが、堅すぎて誰も付け文とは思わないだろう。この調子で全部書いてやればいいのではないか。

羽生助兵衛は難しそうな顔で懐紙をのぞきこんでいたが、小首を傾げながら、よう書けとる、と言った。友軌は腹の中で舌を出した。この男はやはり字が読めないらしい。

「では本題に入るがや。そなたの踊る姿に惚れ申した、と書いてもらいてえ」

少し考えて、友軌は筆をとった。


そもそも曲舞の事、舞拍子言語道断《まいびようしごんごどうだん》、精錬《せいれん》の沙汰を致さるるの条、まず以《もっ》て神妙の至り、感嘆措《お》く能《あた》わず候なり。容顔美麗、凡《およ》そ諸人を超過す。拝見仕りて恋情催すこと頻々《ひんぴん》たり。

「これもなにやら長くて紙が黒くなるのん」

「こんなものにござるわ」

友軌は素っ気なくいい、つづきをうながした。羽生助兵衛は不安そうな顔になっている。

「本当にこんなもんかの」

「さようで。ありったけの知恵を絞って書いてござる」

羽生は眉を寄せていたが、意を決したようにつづけた。

「その次は、ええと、ぜひともおめにかかって話などしたい、と」

早く拝顔の栄に浴し奉り申し談ずべきところにて、吉日良辰《きちじつりようしん》を撰《えら》び内談の条、其方《そのほう》御覚悟ばかりにて承り候わば、祝着至極に候。

「少ししゃべっただけだに、そなたの筆にかかると倍にも三倍にもなるようだの」

「真心こめて書き留めてござれば」

羽生助兵衛はまた考え込んでしまった。やがて吹っ切れたのか、顔を上げると言った。

「であるから近日、そちらの宿に参上するつもりである、と結んでもらおか」

諸事《しょじ》子細《しさい》候《そうら》えば、近日参上を遂《と》げ、申し入るべく候の旨、恐れ入り候。恐々謹言

十二月七日　　　　　　　　　　羽生助兵衛

鶴菊殿

曲舞一座　御宿所《みしゅくしょ》

「これでどうでござろう」

「ううむ、なんとのうゆかしい書状となったるのん」

羽生は小さくうなずくと、黙って紐に通した緡銭《さしぜに》を置いた。百文。見かけによらず有徳者《うとくしゃ》（金持ち）らしい。

「あの一座は北の村境の御堂に泊まっとるでのん。そこへ届けてもらおか」

そういって羽生助兵衛は満足そうな顔で去っていった。

これを手にした鶴菊の仰天した顔が目に浮かぶ。どういう反応をするだろうか。笑いものになることは確かだが。

——さて、わしはわしで考えな。わしの文をどないする。

やはり歌でいこう、と思った。自分は歌で食っていこうという者だ。女に自分の思

いを届けるのに歌以外になにがあるというのか。

文にはひとつの歌だけ書こう。それだけで鶴菊の心を動かすのだ。返事がなければまだまだ修行がたりぬということだ。

考え詰めること半刻、何とか書きあげた歌を、友軌は寺の小僧に託した。


宵々にきみをあわれと思いつつ　逢うをかぎりと思うばかりぞ

歌としては技巧もなく、何とも拙《つたな》いが、心のままを詠んだつもりだった。

翌日は、京に残した妻子に文を書く宗牧の手伝いをして日が暮れた。それ墨をすれ、紙をもて、とうるさい宗牧の相手をしているうちは鶴菊のことも頭から離れていた。

「友軌どのに遣いじゃ」

そろそろ灯がほしくなるころになって、寺の小僧が広縁を走ってきた。友軌に折りたたんだ紙を渡した。

「どこのどなたかや」

「三十くらいのおじさん。曲舞一座の者と名乗ったに」

曲舞一座！　鶴菊！

もらった紙をひろげて見た。達者な字で歌らしきものが書いてある。

——歌の返しか。

まさかと思った。相手にしてもらえるかどうかもわからないと思っていたのに、ちゃんと返しが来るとは。

しかも書かれてある歌は……。読んだ友軌はわが目を疑った。


あわれとも恋うともいえど上弦の月　君の手ならで解けぬ下紐

「あわれ」という言葉を詠み込んで、ちゃんと返しになっている。上弦の月なら今晩のこと、君の手ならで解けぬ下紐とは……。

一気に顔が熱くなった。見上げれば上弦の月は夕空高く浮かんでいる。

明日は出立だ。今宵が最後の夜だ。

「ちょっと出掛けてきますさかい、あ、遅うなっても心配あらへんよって、くぐり戸だけ開けといてもらえばええよって」

小僧に言い置くと、友軌は足早に寺を出た。

曲舞一座が宿にしているという御堂は、村はずれの森にあった。村人の家はもちろん、あたりには田畑もない。月明かりだけを頼りに友軌は細い道を歩いた。冬の夜道は冷え込んでいるが、身体からは湯気がでそうだった。鶴菊の顔が浮かぶ。やはり歌の力は通じたのだと思うと心が浮き立つ。

千夜もかよえ　百夜ござれ
その約束の　違わんままに

鶴菊の謡っていた歌が自然に口をついて出てくる。

御堂は森を背に建っていた。もと時衆の寺だという堂は竹垣で囲われている。中央の大きな建物が本堂だとはわかるが、左右にある庫裏のどれに曲舞一座がいるのだろうか。なにしろ夜這いだから、そっと忍び込まねばならない。

うろうろしていると野犬が吠えてきた。

「シッ、この畜生、だまれ」

石を投げつけるとさらに激しく吠えてきた。一頭だけでなく、背後からも吠え声が聞こえてきた。左右でも何か動いたと思うと威嚇するようなうなり声があがる。さらに奥の森から、明らかに犬ではない重々しい遠吠えまで聞こえてきた。

友軌はたまらず門の中に駈け込んだ。

「どなたにござるか」

たちまち見つかってしまった。夜這いである。逃げようとしたが、どうも様子がおかしい。中庭には篝火が二基も焚かれ、そこに何人もの男がいた。立っている者、軒下にすわり込んでいる者。何かがはじまるのを待っているようだ。

「いや、旅の者にて、こちらにござる曲舞一座の方を訪ねてござるが……」

歩み寄ってきた男に、しどろもどろになりながらいうと、

「執筆殿もござっただか」

横合いから聞いたことのある声がした。

「いやあ、願いがかなってござるの。めでたいことだに」

羽生助兵衛だった。

友軌はびっくりして声も出なかった。どうして羽生がここにいるのか。そして願いがかなうとは？

「して執筆殿のお目当ては」

「へ？」

「またまた。ここまできて隠さいでも」

なんだかおかしい。どうしてこんなことになるのか。

友軌はわけのわからないまま、月明かりの中に立ち尽くした。

四

西郡を去る朝は、よく晴れていて風もなかった。

「いや、これは大勢さんやな」

宗牧がおどけていう。どこから集まったのかと思うほど多くの見送りの人がきた。百人は下らないと見えた。

宗牧は馬に乗り、その前後を友軌と無為が歩く。見送りの西郡衆とぞろぞろと東へと向かった。

半刻ばかりで山道に差しかかった。左右に迫る山の狭間に道ができている。ここから先は他領だという。

「ほう、さようで。おもしろい名の道でござるな」

峠道の名を聞いた宗牧がさかんにうなずいている。

「ひとつ、でき申したわ」

といって懐紙と矢立を取りだし、さらさらと書きつけた。どこでもさらりと一首でてくるところが天下の宗匠たる所以《ゆえん》だろう。


さする人なくて別れし旅寝にも　名残はさそな老いの腰越《こしごえ》

「なんの。うちの若衆はなかなか盛んでな。昨夜も気がつけばふたりともおらへん。どうやらどこかの女子に別れを言いに行ったらしゅうて。ひとり寝したのはこの老骨だけでござったわ」

どっと笑い声が起こった。

「おや、腰越でのうて星越やと。これはしたり。すると直さなならんな」

この道は腰越でなく星越というらしい。宗牧は今度は「星越」で一首作ろうと考え込んでいる。

「執筆どの、いかいお世話になり申した」

うしろから肩を叩かれて、振り返ると羽生助兵衛の細長い顔があった。友軌は顔が強ばるのを感じた。

「まことにお世話になり申した。末永う家門繁盛、武運長久を祈っており申す」

馬鹿ていねいに言葉を返した。

「いやあ、執筆どのも鶴菊が目当てとは驚きでござった。文など書かせて悪いことしたに」

「……………」

「したが、あの文を書かなんだら昨夜のようにもならなんだに」

「……………」

「おかげで堪能いたした」

飛びついて首を絞めてやろうかと思った。

昨晩、御堂に忍び込んだ友軌は、そこで客として扱われた。

歩み寄ってきた男には見覚えがあった。踊りの舞台で、大鼓を打っていた男だ。

「ようお越しやした。鶴菊をご所望の檀那でんな。こちらへ」

わけのわからないまま羽生助兵衛とともにずっと奥へ通されると、そこには加賀女が待っていた。

「檀那方はお目が高うおす。鶴菊はいずれ殿方を泣かす女になるわえな」

で、いくらでご所望か、という。え、と友軌は聞き返したが、そのときにはもうわかっていた。鶴菊をいくらで買うか、ときかれているのだ。聞けば、明日は興行の地を去るという最後の夜だけ、娘たちは一番高い値を付けた男に身を任せるのだという。やはり曲舞の一座は春をひさぐ一座でもあった。

「百文や二百文では話にならんえ」

「では三百文だら」

羽生は即座に答えた。

「安う見てはりますな」

加賀女はとんでもないという顔をする。踊りの際に見せる妖艶な表情ではなく、抜け目のない商人の顔になっていた。

「五百文！」

「そちらの檀那は」

友軌をうながした。友軌は何も言えずに下をむくしかなかった。

「ほな、五百文できまりえ」

羽生助兵衛は鶴菊の許へ案内され、友軌は奥の部屋から追い出された。それでも暗いうちは野犬が恐くて御堂を出ることができず、宿所に帰り着いたのは朝になってしまった。

「一番高いのは加賀女自身での、次が紅梅、鶴菊はさほど……」

自慢げに吹聴する羽生の言葉に、友軌は耳をふさぎたい気分だった。

「京の女はやはり違うに。色も白うて優しゅうて。ここらの女は泥のついた牛蒡《ごぼう》だに。くらべもんにならん。極楽に遊ぶとはこのことだら」

羽生の話によると、どうやら鶴菊は閨《ねや》でもかなりの手管の持ち主らしい。あの清楚な顔で、とにわかには信じられなかったが、そういうことだった。

宗牧の周囲で笑い声が起こった。星越を詠み込んだざれ歌が披露されたのだろう。見送りの儀式はおわり、そろそろ出立だ。

では、と羽生に手を挙げたとき、羽生は勝ち誇ったように言った。

「寝物語に文のことをきいたら、鶴菊は字が読めんと言っとったで。せっかく書いてもらった文も、座の男衆が読んだらしいに」

友軌は一気に力が抜けた。歌の力などと考えていた自分がとんでもない阿呆に思えた。

「これ、餞別だに。受けとってくだされや」

羽生からずしりと重い銭袋を手渡された。三百文はあるだろう。羽生は「息災でな」と言って帰っていった。

ちろり、と友軌の胸に火が点《とも》った。

星越の山道をのぼっていく途中、友軌は、

「ちょっとゆばりがしとうなった」

と断って藪《やぶ》の中へ入った。藪をくぐって街道から見えない空き地をみつけると、羽生からもらった餞別の銭袋を力いっぱい地面にたたきつけた。踏みつけ、踏みにじった。それだけでは足りず、唾をはきかけ、さらに小便をかけた。

「思い知ったか!」

羽生を恨んでいるのではなかった。不甲斐《ふがい》ない自分がくやしかった。鶴菊を苦しめるやつらに一矢《いっし》もむくえない、弱い自分が腹立たしかった。

銭袋から湯気が立っている。そのあたりにあった自分の頭ほどの石を持ちあげて、銭袋の上に気合もろとも投げ落とした。じゃらん、と音がして銭袋は見えなくなった。

藪を出て一行を追いかけた。

山道をのぼりつめると、眼前にいきなり海が広がった。友軌はそこで足を止めた。どうしようもなかった、とわかっている。

たとえ鶴菊と思いが通じたとしても、旅回りの芸人同士が一緒になるなど考えられない。かえって辛くなるだけだ。あきらめるほかないではないか。

凪《なぎ》の海は陽光を照りかえして銀色に光っていた。白い帆をあげた舟がぽつぽつと散らばっている。褪《さ》めた色の青空には鼠《ねずみ》色の小さな雲が浮かんでいた。

しばらくその光景に見入った。

いまごろ女曲舞一行は、友軌たちと逆に京へむかって歩いているだろう。この同じ海と空を見ているかもしれない。

そう思った刹那、酒席で鶴菊が見せた白い歯と細めた目が思い浮かんだ。ひやりと冷たかった指の感触も甦ってきた。

――あのとき……。

食ってゆくために世間で揉まれ、辱められ、怯えながら、それでもこれ以上は堕ちまいと懸命に踏みとどまっている、そんな鶴菊をわがことのように感じた。鶴菊の微笑みは、そんな友軌に感応した結果ではなかったか。とすればあのとき、一瞬でも鶴菊と何かが通じ合ったのだ。

胸の中にじわりと暖かいものが広がった。友軌は鶴菊の微笑みを目の裏にしっかり焼き付けておくために目を閉じた。

あきらめても、忘れないだろう。いつまでも。

# 第七話　あるじ忘れぬ

一

海老江弥右衛門《えびえやえもん》はまだ姿を見せない。

──約束をたがえるお人やないけど。

友軌は座敷でぼんやりと待っていた。奥の文机《ふづくえ》には、新古今集の巻第二十がおいてある。今日で新古今集の講義は終わるはずだった。

「なんや、今日は来うへんのか」

宗牧が、足を引きずりながら広縁を歩いてきた。宗牧もあの明るい声を聞きたいのだろう。

ここ数日、辰《たつ》の刻（午前八時）になると、弥右衛門の陽気な声で長善寺《ちょうぜんじ》の客殿はにぎやかになった。今日はもうじき午《うま》の刻（正午）なのに、客殿は静かなものだ。

「かほどに遅うなっては、今日は参らへんと存じまする。なんぞわけがござろ」

弥右衛門は、駿府《すんぷ》の東に領地を持つ地侍である。長善寺の住持である乗阿弥《じょうあみ》に紹介されて、連歌と和歌の手ほどきを受けたいと宗牧のもとへ来た。初心者を宗匠が教えることもないからと、弟子の友軌にお鉢が廻ってきた。

初心者に教えるのも骨の折れることだと、最初はいやいや教えていた友軌だが、今では弥右衛門が来るのを毎日楽しみにしていた。弥右衛門は気持ちのいい男だった。引き合わされたとき、弥右衛門は公界者でしかも年下の友軌に、作法をはずさず丁重な挨拶をした。そのうえ即座に下座についた。師弟の礼をとったのである。驚いて下座につこうとする友軌に、

「師匠さまにそんなにされちゃあ、こなたがつれえで、どうぞ頭高く構えていてくださんしょう」

と、やや高い声で応えて、本当に困惑したように赤くなって手を振った。わざと謙《けん》遜《そん》してみせているのでもなく、本心から言っているのだった。うぶというか、控えめな性格のようだ。

弥右衛門は友軌より頭ひとつ背が高く、肩幅も広い。禄高は七十貫文と、さほど大身の侍ではない。だが先年、三河のほうで尾張勢と小競り合いをしたときに、得意の弓でいくつも手柄をたてているという。侍としてのはたらきは申し分ないらしい。

生真面目で、講釈のあいだ中、ほとんど目をそらすことなく友軌の言うことに聴き入っている。といって真面目一方でもない。ふだんは口数が少ないが、もとめられればいくらでも面白い話をするし、ときには卑猥《ひわい》な方面におよぶ話題ももっている。そこにいるだけで座が明るくなる不思議な魅力を持った男だった。

「ええ日和《ひより》じゃあ。海老江どのはまだかな」

この寺の住持、乗阿弥も、わざわざ弥右衛門の様子を見にくる。

乗阿弥はもともと京の生まれである。全国の時衆をひきいる遊行上人の命で北陸の寺からここに来て、二年ほどになるとのことだった。

「まだや」と宗牧に言われて、小柄な住持はよっこいしょ、と広縁に腰をおろした。宗牧と乗阿弥は昔からの顔なじみだった。

ここ駿府へは十日ほど前の十二月半ばに到着した。長善寺は寺域も広く、庫裏のほかに広々とした客殿もあって、宿としても快適だった。一行は、ここで年を越そうとしていた。

庭の隅には、雪が黒く汚れて残っていた。風も冷たく頬をさす。しかし、梅の木にはちらほらと白い花が咲いている。

「今年は梅を詠むのはむずかしゅうて」

「それでのうても早梅の句はむずかしいと、昔から決まったものや」

陽当たりのいい広縁で、宗牧と乗阿弥が話している。

「この前の発句も、ほれ、春になるんやないかと言う者もおってな」

「一花もことしやさかり宿の梅、と詠んだ発句か。ふむ」

乗阿弥に言われて宗牧は考え込んでいる。

この前の発句とは、長善寺で行った連歌の席で、宗牧が詠んだ最初の句のことである。

発句にはその時の季を詠みこむ決まりになっている。まだ年の内だから、この場合の季は冬でなくてはならない。なのに梅の花を詠んだのでは春の季になるのではないか、と誰かが指摘したのだ。

これは、むずかしい。

今年、天文十三年は閏月があって、一年が十三ヵ月になった。そのため立春は十二月のうちに来た。年の内に春が来たのである。十二月でも梅は咲いていた。そんな時、梅は春の季としてあつかうのか、冬の季でもいいのか、という問題だ。

「たった一輪咲いた梅の花でも、この風雪の中ではさかりや、という心やが。連歌は暦にはよらぬものやでな。ま、わからぬ者にはわからぬわ」

宗牧はあきらめたように言う。

当代では実力、名声とも天下一の連歌宗匠の宗牧の句に疑問を呈すとは、よほどの学識と自信がなければできることではない。

どうもこのお国はやりにくい。友軌はそう思う。

京からこれまでの道中、宗牧一行は在所の大名や国人に、常に歓待されてきた。近江、伊勢、尾張とどこでも下へも置かぬ歓待を受け、つぎの土地へ進むのには、引き留められるのを振り切らねばならないほどだった。

なのにここ駿河では少し様子がちがった。珍しい客が来たという程度のあつかいなのである。

駿河太守の今川義元の許へも挨拶に出向いたが、ちらりと目見えしただけですぐに退出した。連歌興行の沙汰もなかった。あれれ、と友軌は拍子抜けする思いだった。

今では、その理由もわかる。

今川氏は駿河と遠江《とおとうみ》と二国を支配し、金と力がある。それに家柄もいいから、庇護《ひご》を期待して京から公家が下ってくることも珍しくない。お屋形さまの母は中御門《なかみかど》家の娘であるし、冷泉《れいぜい》家の当主など、もう数年来ここ駿府に寄寓しているという。冷泉家といえば和歌師範が家芸で、誰もが認める和歌の本家本元である。そんな大物の文化人が住み着いているのだから、天下一といっても和歌より格式が一段劣る連歌の宗匠ごときは、さほどありがたがられない。そういうことのようだ。

宗牧と乗阿弥はまだ梅の話をしている。そういえば昨日、弥右衛門に梅の句を教えたな、と友軌は思い出した。

巻第一の春歌からはじめて、昨日は巻第十七から第十九を教えた。歌を詠みあげては、古来からの解釈、それに師の宗牧の説、ときに少々怪しげな自説も混ぜて、その心を説いていった。

なさけなく折る人つらし　わが宿のあるじ忘れぬ梅の立枝を

「建久《けんきゅう》二年の春の頃、筑紫《つくし》へまかれりけるものの、安楽寺の梅の枝を折りて侍りける夜の夢に見えけるとなん、と注にござる。心ない旅人に梅の枝を折られた亭主が嘆きを申したのでござる」

文机に新古今の写本をひろげ、友軌はゆっくりと話した。

「一方でこういう解釈もござるで。京のお公家《くげ》さんが役目によって筑紫へと派遣されはった。お公家さんは京に留まりたかったんやけど、宮仕えをしてなはる以上、行かんわけにいかへん。そいで自分を梅の枝に見立てて、わざと筑紫へ飛ばしたあるじに恨みを述べなはったんやと」

弥右衛門はその端正な顔を傾けて友軌の話を聞き、ときに懐紙に心覚えを書きつけていたが、そこではたと筆がとまった。

「そんな歌が新古今に入っとるんで」

「歌いうても花鳥風月に恋ばかりやござらん」

世に生きる人の、生な感情がたくみに詠み込まれているからこそ面白い。

「勅撰集いうても行儀のいい歌ばかりではござらんで」

弥右衛門は眉を寄せ、さかんにうなずいている。

「ようわから。これこそ歌の力ずら」

ぼそりと言った。

「感じ入っておられるようやな。歌は人の心に入り込んでその芯を揺り動かすのやさかい、力になるのや」

いささか得意になって友軌は言った。

「ほな、次にいきまひょ」

なにしろ新古今を十日でおさらいしようというのだから、どうしても駆け足になる。次々と歌を詠み上げて解説していった。

巻第十九を読みおえたあたりで正午となった。写本をとじて、とりとめのない雑談をしてから弥右衛門は帰っていった。普段と変ったところはなかった。

「きのう駿府の町中で、ちょっとした騒ぎがあったというが、聞いてござるかな」

広縁にすわっている乗阿弥が言った。宗牧は首をふっている。

「国人の城下屋敷がお屋形さまの検使に囲まれ、中で刃傷《にんじょう》沙汰もあったというのやが」

「ほう」

「もしかすると……」

「海老江どのがそれに巻き込まれた、というんかいな」

「そういうこともあるかもしれへん」

まさか、と思う。いくども戦場をくぐった弥右衛門が不用意にとばっちりをくったりするはずがない。

しかし結局、その日を境にして、弥右衛門は長善寺に現れなくなった。

二

なにかとあわただしい歳末から年初でも、連歌が好きな者には関係ない。数寄者たちから呼ばれて、友軌はあちこちの連歌興行に顔を出した。新しい檀那を得られるのだから、願ってもない話である。

駿府は平和だった。道行く人々もせいぜい腰に刀を帯びているくらいで、弓や長柄《ながえ》を持っている者を見かけることはなかった。

戦国の世である。京からここへくるまでに、合戦で焼かれたり、強奪されたりした町や村をいくらも見てきた。駿府の人々は幸せ者だと友軌の目には映る。住むならこういうところに住みたいものだと思う。

その日も友軌は朝からある屋敷に呼ばれていた。

集まりは七人で、地侍同士の気の置けない一座のようだった。みな三十から四十の年配で、友軌は明らかに最年少だったが、連歌の実力では負けない。当然のように宗匠をつとめた。

未の刻《ひつじ》（午後二時）に百韻を詠み終えたあとは、雑談になった。

「例の書状だけんど、なにかわかったかえ」

「いや、わからねえが」

聞くとはなしにきいていると、そんな話が聞こえてきた。

「これはおもしろそうな話でござるな。不思議の書状がござるので」

友軌が首を突っ込むと、

「いやなかなか。旅の方には申すにははばかる次第だで」

といいつつ、亭主の地侍は話してくれた。

「わがお屋形さまと小田原の北条の間に戦があること、ご存知でござろう」

「うかがってござる」

「当然、伊豆への街道も不通だに、そこを通ろうとした胡乱《うろん》な者がござってな、わが手の者が誰何《すいか》すると逃げだいた。ほいで捕まえて身をあらためると、襟に縫い込んだ書状が見つかったっけ」

「…………」

「それが北条に内通を約した書状だとわかって、いきゃあ（大きな）騒ぎになってだよ」

「……何というお方やろかな。その、内通した、いうのは」

「福島っての。旅の方には分からねえ話ずら。えーかん（かなり）前に、お屋形さまに楯突いた花蔵《はなぐら》殿っちゅう先代さまの子がいて、その花蔵殿を担いだご仁の一族だ」

「ほれ、先日、城下で騒ぎがござったろが。屋敷で斬り合いがあって。それが福島の屋敷だよ」

そういえば乗阿弥がそんなことを言っていた、と思い出した。弥右衛門が来なくなった日に出てきた話だった。

「それで、その福島殿はどうなったんで」

「討手に首をとられっけ。北条と内通とあってはさもありなん、ともっぱらの評判だに」

「いや、他国へ内通とは罪なことにござる。それでは討ち果たされても仕方ござるまい」

友軌は調子を合わせた。

「福島殿だけでねえ。ほかに幾人かの者も名前が挙がっておるそうだで、これは一大事にならず」

「その者は……。何という名前が挙がっておるので」

と訊くと、亭主は妙な顔をした。友軌はあわててつけ加えた。

「いや、こちらへまかり越してからほうぼうに呼ばれておりますさかい、よもやその檀那の名前が挙がっておるんやないかと」

だんだんと話が生臭くなってきたせいか、亭主も警戒しはじめている。

「それが、まだ名前が知れていねえで。みな疑心暗鬼になってるだ」

どうもそではなく、本当に知らないらしい。亭主の顔を見ているとそう思えた。

一杯馳走になって、暗い中を宿の長善寺へ戻った。同じように連歌の一座に呼ばれていた無為が、先に帰っていた。

さすがに天下一の宗匠のせがれだけあって、友軌のように地侍の集まりよりは一段格上の、国人の一座に呼ばれていたという。

「いやあ、このあたりも平穏そうに見えてきな臭いことが多うおすな」

美男の無為はほがらかな顔でそう言った。

「北条方へ内通した者がおるとか。その書状が露見して、何人もの名前が出て大騒ぎやと」

「福島とかいうご仁やそうな」

友軌が聞いた話である。

「なんや、友軌はんも知ってなさるんか」

「そのくらいは」

「そしたら海老江さんが疑われとることもご存知やろ」

「なんやて！」

それは初耳だ。友軌は思わず無為の襟をつかんだ。

「海老江殿がなんで疑われなならんのや」

「わあ、そんなに大声ださんといてえな。書状に名前が出とったそうや。そんなにあわてんでもええがな」

「名前が出とったって、そら確かでっか」

信じられなかった。

「知らんがな。そういう噂を聞いただけや」

あわてて宗牧と乗阿弥を捜した。ふたりは庫裏の一室で酒を飲んでいた。昔話でもしていたらしい。きいてみると、さすがに乗阿弥はこの噂を知っていた。

「そら誰も大声で話はせんでな。けんどもただの噂やあらへん。詮議はお屋形さまの命で、大がかりにされとるそうや」

「その詮議と弥右衛門どのが関わりある、と言われるので」

「いやわからん。噂の福島と海老江どのは何のつながりもあらへんでな」

しかしそれならどうして名前が出たのだろう。

「弥右衛門どのはそんな裏表のある男やあらへん」

友軌がむきになって断定すると、乗阿弥も「その通りや」とうなずく。

「けんども、ここのお家もいろいろござってな」

乗阿弥はなだめるように言った。

「今でこそお屋形さまは、百年もこの国を治めておるように振る舞ってなさる。けど八年前までは梅岳承芳《せんがくしょうほう》という禅坊主やった」

「へえ」それははじめて聞いた。

「先代さまの五男やで、跡を襲うこともあらへんとみて禅の修行にいそしんでいなさったんや。ところがお家を継いでらした長兄と次兄が急に亡くなってな、すわこそというて残った三男と跡目争いが起こったんや」

ほう、と友軌は聞き入った。

「花蔵の乱というて国を二分する戦になったんや。勝ったのが今のお屋形さまや。そやで古くからある名家いうても、まだ枯れておらん。武張ったもんやで」

なるほど。しかしそれと弥右衛門とどう結びつくのか。

「国を分けた戦や。しこりは今もあってな。花蔵の乱で太守の敵方についた国人たちは戦があれば先陣に駆り出されるわ、手柄をたてても恩賞は少ないわ、と消えよかしの扱いをうけておるわ」

「弥右衛門どのは」

「あれの家は敵方についたんや。そやで、戦で手柄をたててもちょっとも領地は増えていかんわ」

「いかにもありそうな話や」

宗牧がのんびりと言う。

「それに先代さまはどちらかといえば北条びいきやったそうでな。相模の北条と手を結んで甲斐の武田を敵としとらした。したが、今のお屋形さまは武田の娘を嫁にしなさっとる。北条方は面白いことあらへん。いろいろちょっかいを出してくるわ。当国の家中も北条びいきと武田の息がかかった者がおって、それぞれ角突き合わせておる」

なかなかに複雑なようだ。

「戦場で敵に向かうのはええ。敵がはっきり見えとる。やがこの国では誰が敵か、どこに敵がおるのやらわからん。にこにこして挨拶を交わす相手が実は敵やった、ということもあるでな」

「それで、内通者が見つかって討たれることは多いんかいな」

宗牧が訊く。

「去年も尾張方に内通したとて、三河近くの地侍が何人も討ちとられたわ。あわや戦になりかけたが、お屋形さまは軍兵を差し下して押さえつけてしもうた。今ではみなお屋形さまを虎のように恐れとる」

「今度もそうなる、言うんかな」

乗阿弥は首をふった。

「なに、お屋形さまに逆らうような性根のすわった者が、このご家中におるもんか。みな自分に累が及ばぬようにと、しんとして見ておるだけやわ。何人か腹を切って終わりやろ」

聞いているうちに友軌は気分が滅入ってきた。

——弥右衛門どのはどうなるんやろ。

心配になったが、友軌にできることはなにもない。

三

次の日も早朝から、友軌は駿府の東一里ほどにある寺に出向いた。

連衆は四人だった。着いて一服するやさっそく連歌の一座がはじまった。みな五十過ぎと見える年齢で、年季が入っているだけにぽんぽんと句が出て、まだ陽が高いうちに一座がおわった。

「いや、おもしろい一席にござった。駿河のお国はみなさん腕達者ばかりにござりまするな」

振舞い茶に喉をうるおしつつ、友軌は言った。

「いやいや、京のお方こそ若いにかかわらず上手だ。恐れ入ってござるに。歌をよう知っていなさるんでたまげただ」

「古今、新古今はじめ八代集、伊勢、源氏、みな知っておらんとおもしろい句もできんよって」

「それがなかなか田舎者にはできねえだよ。それにお屋形さまは漢詩が好きでござらっせるで、そちらも学ばにゃならんし。せわしないことにござってのう」

世話人の色の黒い男が言う。ここ駿河では、普通の連歌でなく、五七五の句に漢詩句で応える和漢百韻が流行《はや》っているという。

「わしはあまり唐《から》の言葉は好きでねえが、お屋形さまには逆らえねえで」

四人の表情が翳《かげ》ったような気がした。

「べつにお屋形さまが好みでも、真似をすることもあらへんのでは？」

友軌がなにげなく言うと、

「お屋形さまは、御自身の好きなものをひとにもやらせたがる」

ぽつぽつと世話人は話し出した。

「恐れられるようでねえと家を保っていけねえがの。こたびも恐ろしいことになってるに」

「恐ろしいこととは、なんでござるか」

友軌はとぼけて訊いてみた。

「旅の人にはまだお耳に達してねえずらか。北条に内通した者がいてよ」

「ほう」

「それが発覚して、大騒ぎよ。首謀者は討ちとられっけが、まだ仲間どもの検断が終わってねえで」

「知ってっか。仲間は四人じゃそうな」

　奥に座った老人が大声を出した。

「けんどもその名は、しかとはわからんように書いてあったそうな。判じ物だ。それに中味も、肝心なことは書いてねえ」

　この老人はせがれが侍目付の役とかで、やたらとくわしく知っていた。

「そりゃ厄介やの。それでどうなっとるんかの」

「三人はわかった。そのうち二人は、福島殿が討たれたのを知って逐電《ちくでん》したそうな。ひとりは屋敷に立て籠《こ》もったで、討手が攻め込んだ」

「残りのひとりは」

「これがはっきりしねえんだよ。なんでも密書には海弥とあってな、ほれ、海に弥だ。海野《うんの》弥五兵衛か海老江弥右衛門か、どっちともとれら」

　友軌はひそかにうなずいた。それで弥右衛門が疑われているのか。

「それで海野どのは疑いを晴らさずと、ああやって派手に出歩いてござるか」

　海野というのは、駿府の西、宇津《うつ》の山《やま》の麓を領地とする国人で、自分が疑われていることを知ってか、茶会をもよおしたり連歌会をしたりと、わざと人目に立つ動きをしているという。

「そうずらよ。一方の海老江は屋敷の門を閉じてまって、どこへも出ずにじっとしとるちゅうだ。ありゃ自分が内通したと言わんばっかりであらず」

「それで海老江どのが疑われておるんで」

友軌は思わず口を出した。「そうだよ」とうなずいた世話人の顔がはっと凍りついた。次の瞬間、四人の視線がいっせいに友軌を突き刺した。

「失礼ながら、友軌どのは海老江をご存知にござったかの」

「いや、こちらにご厄介になってからでござる。数日通ってござって、新古今を教授しておるんで」

友軌は怪訝《けげん》に思いながら返答した。

「数日、でござるか」

座がしんとなった。

「なにか……」

「友軌どのは、この後どこへ行かれるんかの」

何でそんなことを訊くのか。

「さよう、京であずかった書状がござるによって、まず小田原の北条幻庵《げんあん》どのをたずねることになろうか。そのあとは師の身体の具合次第にござるが、白河の関まで行くことになろうかと存ずる。師の宗牧は中気にござってな、その養生《ようじょう》に道すがら、熱海で潮湯治《とうじ》なぞも……」

「やはり北条へ」

四人の表情が変わっている。

友軌はなにを訊かれているのか、やっと理解した。とんでもない誤解だ。

「いやいや、われらは公界者にござれば、誰に味方するも敵対するもござらんで。ただ連歌のお相手をつとめて世過ぎをいたす者にて、今回の内通騒ぎに巻き込まれるようなことは……」

そう言っても疑わしそうな、用心深そうな目は変わらなかった。

「さて、そろそろお暇《いとま》せず」

ひとりがわざとらしく声高に言って立ち上がった。

「わしもちと過ごした」

ひとり、ふたりと逃げるように座を離れていった。世話人が迷惑そうな顔をして、いくらかの銭を友軌に渡してくれた。

その足で友軌は弥右衛門の屋敷を訪ねた。

屋敷は今川館《やかた》の外濠の近く、家臣の屋敷が集まっている一角にあった。門が閉まったままで、森閑としていた。それでも声をかけると、年老いた下僕がでてきて潜り戸を開けてくれた。

弥右衛門は暗い顔をしていた。わずかな間に頬がこけ、目の下に隈ができていた。

「なに用にござるかな。ちと子細があって、あまり人に会わぬようにしてござれば、友軌どのも疾《と》く立ち去られたがようござろ」

声も細い。友軌はその変わりように驚いた。

「なにをそのようないじけた真似をしてござるのや。内通などしたことないなら、そう申されるがええに」

思わず叱りつけるような言い方になった。弥右衛門は口の端で笑ったように見えた。

「すでにご存知なら話の手間も省けら。ならば言うが、わしは断じてやってねえ。南無三宝、神仏にかけて内通などはしてねえ」

弥右衛門はきりりとした顔を緊張させて言い切った。

「ならば出ておませい。覚えがなくば、尋常にしておられればええのや」

「それが、できねえ。わしが出歩いて訪れた先が疑われてる。迷惑がかかるによって、こうして謹んでっだ。友軌殿にも疑いがかけられるかも知れねえで、長善寺にも行けねえ」

「そんな……。どこか、迷惑のかかったところがござったんで」

弥右衛門はこっくりとうなずいた。

「親族の家に検使が来てっけ。わしが寄った隣村の市原どの、村松どののところへもまわったっちゅうだ。そのうちに酒屋や寺までまわらあず」

「ここへは？」

「昨日、侍奉行の検使がきたっけが、まるで罪人扱いだよう」

険しい顔で尋問に来たという。

「わしは奉行さまでなくお屋形さま直々に訴えてえと申しあげただに。屋敷にも上げなんだ。奉行は怒って帰ったわ」

「弥右衛門どのは、見つかったという書状の中味も聞いておられるんで」

「ああ、うわさでは、こうだ」

弥右衛門は疲れた顔で言った。

「北条方が駿東郡《すんとう》へ出兵すりゃ、お屋形さまが駿府を留守にする、そうなったらこちらで仲間とともに火の手をあげる、という書状だと」

「その仲間というのに海老江どのの名があったんで」

「しゅぜん、久太、朝新、海弥と四人の名があったと」

「しゅぜん……」

「しゅぜんは福島の寄子《よりこ》の富士主膳だに。久太は長堀久太郎ずら。このへんは福島の身内だで、すぐにわから。朝新は朝比奈《あさひな》の一統に新五郎と新左衛門尉がいるで、どちらかわからねえけんが、新五郎のほうが尻に帆かけて逃げだいてまったで、それとわかっただ」

「はあ、それで海弥とは」

「わしと、海野弥五兵衛のふたりだ」

朝比奈新五郎の顚末を見ているから、ふたりとも逃げ出すような愚かな真似はせずに、堂々としているということか。

「それでお屋形さまは、慎重に調べておるんでござるか」

「そうずらが……」

弥右衛門は憔悴《しょうすい》した顔で言った。

「海野は領地も広うて寄子も多い。駿府の西の要、宇津の山をかためる重臣だ。お屋形さまとしても、しかとした証拠なしに手出しはできねえ。検使としてもやりにくからず。わしの方は七十貫文の身だで、爪の上の蚤《のみ》を潰すようなもんだ」

「それは……。海老江どのに疑いが押しつけられる、いうことにござるか」

「いずれそうならず。けんが、最後はお屋形さまの前で申し開きができる。いくら奉行が嘘八百を並べたとて、お屋形さまにまことを申し上げりゃ、見通してくださるにちがいねえ。見てござれ」

侍の意地、というのだろうか。弥右衛門は申し開きもせず、じっと居座っている。頼りにするのはお屋形さまだけということだ。

――そんなんでええのかいな。

どこか違うという気がした。お屋形さまはそんなに賢明な方か。

「心配りはありがてえが、それがしはいずれ館に出頭してお調べをうける。友軌どの、あまり長居をすると疑われるで。疾く去りなされ」

弥右衛門は怒ったような表情で言った。

友軌は長善寺へとんで帰った。宗牧は客殿の一室で文机に向かっていた。

「宗匠、えらいことでござる。わしら、内通の片棒担ぎと見られてまっせ。わあ、弥右衛門はんに新古今を教えたばっかりに、あらぬ疑いをかけられてしもうた。どないしょ」

「うるさい」

という叱声とともに拳骨が頭に飛んできた。小声で囁くつもりが、途中から大声になってしまっていたらしい。

「ちっとは落ち着いて話をせえ」

宗牧は耳をほじりながら言った。

「でも、内通した者は名を知られて逐電したり、屋敷に討ち入られて……」

友軌は頭をさすりながら、いま聞いてきたことを説明した。宗牧は落ち着いたものだった。

「わしらは公界者や。人の世の縁を切った者やで、内通しようが秘密を漏らそうが、罰を受けることはあらへんわ。公界者に知られるほうが悪いんや」

堂々としている。さすがは天下一の連歌宗匠である。

「そらそうどすけど、今度は違いまっせ。お屋形さまは国人を震えあがらせるほどの力をお持ちや。これまでの国とは違ってござるに」

「違わへんわい」

「その通りやな、友軌よ、心配せんでええ」

そこへ乗阿弥が顔を出した。

「内通したのせんの、というのはお屋形さまの指図で動く国人だけの間の話での、お屋形さまは自分の家来の国人が敵の北条に通じたから、怒ってはるんや。わしらはもともとお屋形さまに扶持をもらっとるわけでも、領地を安堵してもらっとるわけでもないで、関係あらへん」

「そやけど……」

友軌は納得できなかった。理屈はそのとおりだが、どうもこの駿河という国はちょっとちがう気がする。

「お屋形さまをみんなが恐れてござる。こんな国はほかにあらへん」

と言ってから思い出した。ひとつあった。尾張だ。尾張を支配していた織田弾正忠は、虎のように国人たちに恐れられていた。

——あそこでも内通騒ぎがあった。

美濃に内通したとして、国人が友軌や宗牧の目の前で斬り殺されたことを思い出した。白刃が舞った光景が目の前にありありと甦ってきて、背中に汗が出てきた。

「すると海老江どのはどうなる」

「真面目一方やでなあ」

乗阿弥が首をかしげる。

「この際、逃げたがええに」

友軌は驚いた。

「どうしてでっか」

「ふたりのうちどちらが内通者かわからなんだら、友軌やったらどうするな」

と乗阿弥は逆に尋ねてきた。

「そりゃ、よう調べりゃわかりまへんか」

「隠すほうも命がけや。容易に尻尾《しっぽ》を出すかいな。これまで調べてわからへんのやで」

「そりゃあ……」

「こう考えい。ようけある蜜柑《みかん》のうち、ひとつの蜜柑には虫がわいとる。そやけどふたつのうちどちらかまではわかったが、ひとつには絞り切れん。といってそのままにしとくと、ほかの蜜柑まで虫がつく」

「ふたつとも取りのぞきますがな」

友軌は応えた。

「そうや。いずれお屋形さまはそうするやろ」

翌朝、やはりじっとしてはいられず、友軌はまた弥右衛門の屋敷をたずねた。

屋敷はひっそりとしていた。声をかけると昨日と同じ老僕が出てきた。

「主は昨夜、館の検使に連れていかれてござるに」

なんやて？

「お屋形さまのまえで申し開きをしてくると言うてござら」

昨夜、友軌と入れ替わるように検使が来たらしい。十数人で押し寄せてきて、あっという間に連れ去られたという。あとは何を問いかけても首をふるばかりだった。

押し返されるようにして友軌は門をはなれた。

——あんな真面目な男が潰《つぶ》される。

やり場のない哀しみと怒りが胸の内にこみあげてきたが、どうすることもできない。すべてを腹の中に抱えて屋敷町を外濠にむかって歩いた。

「え？」

外濠につきあたったところで侍が目の前に立ちふさがった。何だ？

「海老江屋敷になんの用だか」

「いや……」

「旅のものか」

「わ、わしは」

うしろにも人の立つ気配があった。

「来るがよからず」

陰惨な目をした侍に気を奪われているうちに左右から腕をつかまれ、友軌はそのまま連行された。

四

「それがし、海老江どのに新古今集を進講してござる」

友軌は胸を張った。弥右衛門の屋敷で感じた怒りが、友軌を大胆にしている。

「新古今だと」

「巻第十九まで進講してござる。あともう少しで終わりやった」

「それだけか」

「それだけや。なにもござらんわ。書面などもってのほかや」

弥右衛門の屋敷を出たところをつかまって、引きずり込まれたのはどうやら侍奉行の屋敷のようだった。ここは蔵の中で、まわりは土壁で高いところに明かり取りの窓がある。まわりには男が三人。友軌は土間にすわらされ、海老江からなにか伝言をうけただろう、とさっきからしつこく問われつづけている。

「正直に言わぬと痛い目にあうだら」

見ると男が割れ竹を手にして薄笑いを浮かべている。

「正直に言うとる！」

「そうか」男がにやりとした。

空気を切り裂く音がしたかと思うと、左頬に熱い衝撃が走った。

「これでも吐かんか！」

よろけたところへさらに一撃。口の中に塩辛い液体がひろがり、鼻の奥で金気《かなけ》くさい臭いがした。左頬が裂けたかと思った。

「わぬしゃ、海老江に北条への返事を頼まれてっだろ」

「なにも、本当になにも」

「吐け。吐かぬとこうじゃ！」

頭といわず肩といわず割れ竹で打たれた。どれだけ打たれたか。痛みを感じなくなり、ふっと楽になったところで冷たい水を浴びせられて目が覚めた。一瞬、気を失ったらしい。気がつくと土間に横倒しになっていた。周囲には三人の男が立っている。

「吐く気になったら」

「う……」

痛みがぶりかえしてきた。叫ぶか泣くか。だがどちらも選ばなかった。あまりの理不尽さに対する怒りがまさった。

「はなせ。わしは公界者や。だれにも指図は受けぬぞ。公界者をこんな目にあわすと、神仏の罰を受けるぞ」

自分でも驚くほどの大声がでた。

「しぶてえ。吐かねえ」

男がまた竹を振りあげる。友軌は身を固くして痛みに耐えようとした。

「待て、竹じゃ効かんようだて」

男のひとりが腰のものに手をかけた。薄暗い蔵の中に銀色に光る刃が突如として出現した。

「ひいっ」

あの忌まわしい記憶が甦って……。いや、一瞬、動悸が激しくなったが、いつもの光景は立ち現れなかった。怒りのほうが強いのだ。友軌は歯を食いしばり、顔を上げて男たちをにらみつづけた。

「なんじゃ、生意気な」

「吐け。それ」

白刃が目の前をひらひらと泳ぐ。友軌は恐怖と戦い続けた。

「しぶてえ。指の一本でも斬り落とすがよからず」

「なんの、手首からいけ」

男たちは愉快そうに言う。なぶり殺しにするつもりか。

恐怖が芽生えてくるのを感じた。もう耐えられそうにない。泣きわめいて許しを乞う自分がすぐそこにいる。

「待て。本当のようじゃ」

そこに新しい声がした。友軌は目を見張った。誰かが蔵に入ってきた。

「長善寺に泊まっておる宗牧とやらはお屋形さまにもお目見えしとる。この者は門人に間違いねえ」

「お屋形さまにお目見え？」

「天下一の連歌師とかでな」

その言葉で場の空気がいっぺんに変わった。刀を振りかざした男は背中を見せ、鞘《さや》に収めた。

「友軌、じゃな」

新しく入ってきた男の問いに友軌がうなずくと、

「怪しい動きをするからだわ」

と言い、

「もう行け。海老江のまわりをうろつくでねえぞ」

と手を振った。友軌は立ち上がったが膝がふらついた。顔が火のように熱いほか、頭といい背中といい、沁《し》みるような痛みがある。

ほっとすると同時にいまさらのように恐怖が襲ってきた。理不尽な仕打ちに文句を言う気力もうせて、よろめきながら蔵から出ようとすると、

「ちょっと待て」

と声がかかった。どきりとした。

「連歌師の門人ならば試すにしかず」

うかれきて月夜の庭にのべ見れば　山の端近くまた雲のかげ

何の説明もせずに男は詠み上げた。友軌は戸惑った。

「そりゃ、何や」

男は応えず、友軌をじっと見ている。

「感心せん歌やが……」

男は友軌をにらみつけている。あまりながく射通すような目で見ているので、顔に何か書いてあるか、と言い返そうとしたとき、

「本当に知らねえようだ」

と言って息をついた。

検使は友軌の表情を読んでいたのだ。知っていれば動揺が顔に表れる。それを見定めようとしたのだ。友軌が宗牧の門人と知っても、疑いは捨てなかったことになる。あらためてぞっとした。

「帰せ」

男は蔵の入り口にむかって言った。蔵の扉がひらいた。

「ちょっと待ってござれ。なんや今のは」

友軌はたずねた。

「今の歌がどうしたのや」

「うるさいわ。用はねえ。行け」

男のひとりが怒鳴る。

「ええ、おけ」

歌を口にした男は落ち着いた声で応えた。

「北条の間者《かんじゃ》が吐いた歌だら」

「間者？」

「責め問いにかけたら、その歌を伝えよと命じられたと吐いたわ。益体《やくたい》もねえ」

「間者とは、福島という者の使いかな」

「さよう。間者が襟に縫い込んだ書状には、肝心なことが書いてねえ。どこで反乱の軍を集めるか、がわからねえ。委細は使者が伝えると書いたっただけだ。けんが（けれども）使者は歌しか伝えられていねえ。となりゃ、歌に秘密があるはずだ」

「ふん、うかれきて、とな」

友軌は腕を組んで考えた。歌に込めた謎なら解く自信があった。しばらくして男に言った。

「福島というご仁はどこに館を構えておったんや」

「福島は駿東郡。北条との境に近い」

「ほう。他の、書状に名前が出ておった者たちも、そちらのほうかな」

「富士、長堀、朝比奈と、だいたいそうやの。海老江の本貫の地は興津《おきつ》だで」

「海野とやらは」

「あれは西だ。この駿府ののど首、宇津の山の麓だら」

「それや！」

友軌は叫んだ。

「簡単なことや。ええか。句の頭の文字を並べてみい」

う、つ、の、や、ま、となる。宇津の山！

「東西で決起してお屋形さまを挟み撃ちにする策や。海野に宇津の山に立て籠もれというのや」

男たちがざわめいた。

五

雪も解けて、長善寺の庭の梅は白い花を盛大に咲かせていた。

「いや、やはり和歌の学問はしておくものにござるな」

海老江弥右衛門はきちんとした格好で座敷にすわっていた。こけた頬はもとに戻っていなかったが、表情は明るい。

「正月やというに大層なことや。検使が百人からの兵を連れていったちゅうで」

検使をむけられた海野弥五兵衛は召喚に応ぜず、検使の軍兵と一戦におよんで、討ち果たされたと聞こえてきた。

「海老江どのも、館に召し捕られたと聞いて心配しておったのやが」

乗阿弥の言葉を、弥右衛門は大袈裟に手をふって否定した。

「召し捕られたとは人聞きが悪いで。おたずねがあった、ちゅうこんだ」

「それでも責め問いにかけられたげな」

「ああ、二日二晩問い詰められて、往生し申したっけが」

弥右衛門の顔が曇った。おそらく友軌と同じような目にあったのだろう。

「検使どもがかわるがわる問うてきた。わしは何も存ぜぬでな、そう言い続けただよ」

それでも二日二晩とは尋常ではない。だが弥右衛門は笑って言う。

「検使も役目だ。念には念を入れて調べをするのはわかるっけが、こちらも眠いし疲れるしで、しまいに腹が立って、しばらく黙ってやった」

「ほう、それで」

宗牧が先をうながす。

「にらみ合いになってな、そこでしみじみと胸に沁みたさ。友軌どのに教えてもらった歌が」

「どの歌で」

「なさけなく折る人つらし　わが宿のあるじ忘れぬ梅の立枝を」

弥右衛門は友軌が教えたとおりの節回しで読みあげた。

「詠み人の気持ちがようわかり申したに。それで思わず口にしただよ。すると検使がぎょっとした顔になってな」

その翌朝、解き放たれたという。

「あとで検使が申すには、その歌をお屋形さまに申し上げたところ、いたく感じ入られた様子で、『この期に及んで安楽寺の梅の歌を詠むとは、なかなかの者にあらず』と申されたと。お褒めの言葉をちょうだいしたに」

いかにも得意そうに弥右衛門は言った。

乗阿弥も無為も、それはよかったとうなずいている。和歌に堪能なお屋形さまゆえの、まことに見事なやりとりや、というのだ。

友軌もようやく腫れの引いた顔を押さえながら、ただうなずいていた。

——その晩には海弥とは海野のこととわかった。それで解き放たれただけや。和歌うんぬんはごまかしや。

それはわかっている。友軌だけでなく、乗阿弥も宗牧も弥右衛門も知っている。そ

れなのに、

「立派なお屋形さまで。お家も末永う安泰にござりまするな」

「さよう、これほど大器量のお屋形さまは、六十余州にもござるまい」

と、みな腹の中とは別のことを言っている。

この国でお屋形さまを批判するようなことを言ったら、どこから漏れてひどい目に遭うかわからない。そう思って本音を抑えているのだ。

旅の友軌たちはいい。僧の乗阿弥もまだいい。だがお屋形さまの猜疑心に終生つきあわねばならない弥右衛門は大変だな、と思う。

所領をもっていれば明日の糧を思い悩むことはないが、その代わりどんなひどいお屋形さまでも逆らうことはできない。無理難題を言いかけられても腰をかがめて顔色をうかがうしかない。侍とはそういうことができる人間のことだ。

「さて、巻第十九まで終わってござるが、つづきをお教え願えるかな」

「よろこんで」

友軌は以前と同じように文机の前にすわって講釈をはじめた。

弥右衛門は姿勢を正し、まじめな顔で聴いている。その姿勢はまったく変わっていないが、友軌には弥右衛門がひとまわり小さくなったように思えてならなかった。

# 第八話　富士を仰ぐ

## 一

宗牧一行は駿河の江尻《えじり》から浜づたいに東へ向かっていた。

このあたりは三保の松原に清見《きよみ》が関と名所がつづく。海辺には奇岩がそそり立ち、見事な枝ぶりの松の間に梅が咲いていた。歌枕としても名高いところだけに、しばしば一行の足が止まった。

「どや、緑と紅の織りなす景色が見事やろ」

「へえ」

「歌にしたいやろ」

「……へえ」

宗牧にいわれて返事はするが、友軌はそれどころではなかった。

――飲みすぎた。頭が痛うてあかん。

一昨日は駿府で別れに一献、のはずが二献、三献と重なった。なにしろ宗牧は酒飲みである。酒のために中気を患ったくらいで、飲み出すととまらない。結局、友軌も引きずられて夜更けまで飲み明かした。そして昼ごろに起きだして、あわてて駿府を出立することになったのである。

なにほども進まずに江尻の里で一泊したが、そこでも酒宴となって、またたっぷりと酒を飲まされた。二日つづきの大酒で胃の腑は焼け、頭の芯がぐらぐらしている感じだった。歩いていても腰に重石をつけられたようにけだるく、息どころか汗までが酒臭い。

今日は、いつもの三人のほかに、笠をかぶった長身の僧がいて、宗牧と馬をならべていた。

僧は誰庵《すいあん》といい、宗牧の同門の大先達だった宗長の子息である。父とはちがって連歌師にはならなかったが、駿河に住み、京から下ってくる公家や僧などの接待にあたっていた。役目がら、見送りにと、駿府からずっと一行についていていた。

馬上の誰庵が無為に言いかけた。

鷗睡浪瀾三穂間　雪晴洛客対山顔
秋来期約催帰思　此景莫忘清見関

どうやらこの漢詩に返しをするようもとめているらしい。

「いやあ、唐土《もろこし》の歌はどうも」

無為はもじもじしている。無理もない。連歌は子供のころから鍛えているが、漢詩にはあまり縁がないはずだ。

「和韻でええのや。漢詩をよう味わって、返しは和歌でええ」

宗牧が助言する。それでやっと無為も落ち着いたようだ。


行きわかれ東路《あずまじ》ゆくも忘れまじ　清見が関の春の浦波

と見事な返しを詠んだ。

――さすがは宗匠のせがれや。ただの女好きやあらへんな。

天下一の宗匠の息子と、少し前まで天下一の宗匠だった者の息子との、和漢朗詠。

友軌にはため息がでるような光景だった。

家柄は努力ではなんともならない。公界者である連歌師も、近ごろは家柄がものをいう。どこの馬の骨ともわからない友軌が、天下の宗匠になることなど、ちょっと考えられない。

ふだんは頭の隅にかくれている疑問が、こういう場面になるととたんに顔を出す。

――ほんとうに連歌師への道を歩き続けて、ええんやろか。

もともと地侍の家に生まれた友軌だが、合戦で恐ろしい目にあったおかげで白刃を見ると震えが出るし、田畑を失ったいまでは百姓もできない。商人になるには人を言いくるめるだけの舌の働きが必要だが、それも苦手だ。読み書きや和歌には興味があったし、好きだったから、ためらいもなく連歌師への道を選んだのだが、現実は……。

考えると気分が重くなる。

そもそも連歌師を目指すというのが尋常なことではない。

連歌など、しょせんは遊びにすぎない。いくら歌道だの天下の宗匠だといっても、連歌師とは檀那の遊びにつき合っていくらかの報謝をもらう、という浮き草稼業である。食っていけるかどうかもわからない。いまこうして宗匠以下三人が旅先でもてなされているのが不思議なくらいだ。

そんなものに若い日の貴重な年月を費やしてしまっていいのだろうか。もっと地に足をつけて、寺に雇われるなり公家に奉公するなりの道をめざしたほうがいいのではないか。迷いは深まるばかりだ。

「やあ、迎えがきたようにござる」

誰庵が手をかざした。

「では、息災で。我殿も」

と誰庵は馬を友軌のほうへよせてきた。

「修行にはげみなされ。歌の道はきびしいけれど、いずれよいこともあろうて」

友軌の内心を見透かしたようなことをいって、誰庵は別れた。迷っているようなそぶりを見せてしまったのだろうか。

右手には濃緑色の海がひろがっている。

正面にあるはずの富士山は、灰色の雲のうしろにその姿を隠していた。左手は小高い丘になっていて、崖下と海のあいだにせまい砂浜がつづいている。

その波打ちぎわに、騎乗の侍をあわせて十数人が待っていた。蒲原《かんばら》城代の飯尾《いのお》豊前《ぶぜんの》守乗連《かみのりつら》の手の者だろう。とすればいよいよ駿河と伊豆の国境《くにざかい》だ。

伊豆の北条と駿河の今川のあいだではいまでも合戦が行われていて、人の行き来は絶えていると聞いていた。これからその国境を突破しなければならない。

友軌は背筋がぞくりとするのを感じて、思わず懐の書状をたしかめた。


宗牧を先頭にして、蒲原城本丸へと登った。

「ようござった！」

飯尾豊前守は、宗牧の手を引かんばかりにして迎え入れてくれた。

「早速に一座興行を、といいたいところにござるが、いまはお屋形さまから一城を預かっておるでな、敵を目前にして連歌興行というわけにもゆかんで」

で、連歌をすっとばして酒宴を張るという。

やれやれまたか、と友軌は酒臭いため息をついた。

酒宴ばかりは、駿河でも他の国と違わない。夜になると、いかにも酒好きといった男たちが集まってきて、挨拶もそこそこに盃の交換をはじめた。飲みかつ食い、次第に声が大きくなっていって、しまいには歌と踊りである。

「いやあ、明日は富士川を越えられるな。夢がひとつ、かなうわい」

宗牧は機嫌がいい。

「これが友軌。明日は一番槍の手柄をたてるそうや」

赤い顔で飯尾豊前守と話しているうちに、何の話になったのか、宗牧は隣の友軌の肩を音がするほどたたいた。友軌は盃を取り落としてしまった。

「一番槍とな。そら殊勝な心がけにござる」

飯尾豊前守もいける口と見えて、しこたま飲んでいる。とろんとした目で言う。

「吉原《よしわら》城には使いを出したが、実際に顔を見合わせて話をするまでは、どうなるかわからんっけ」

どうなるかわからんて……。

「北条方には話が通ってんのや、ござりまへんので」

不安になって、友軌は訊きかえした。

「きゃつらは知ってはいるわ。けんどな、知っているのは城主の狩野介《かののすけ》ばかり、てこともあるでな。足軽どもが狩野介に注進すりゃええけんど、それまでは敵と見られらあ」

「敵と見られるというと」

「おお、矢が飛んでくるぞ。槍も向けられっら」

ぎらりと光る槍の穂先を想像して気分が悪くなってきた。

「まず舟は支度してござるで、そこは気遣い無用ずら」

蒲原から吉原へは富士川を越えるだけだが、いくつにも枝分かれした河口部の湿地帯を歩いて越えるのは難儀なので、浜から海へ出て、舟で吉原までいくことになるという。

「舟がいやなら、川越えの道もあるら。けんど、攻め寄せるときもその道を使うでな、兵と間違えられて草むらから槍を突き出される覚悟はしといてもらうだな」

そんな覚悟など、できるものか。

「あのう、それで向こうの城主さまは、連歌のたしなみのある方なんで」

「多少は知っておろう。侍だでな」

頼りない話である。

「まず最初に出会う足軽に連歌の心得があることを祈るしかねえ。なかったら、その姿ではあやしの者として引っ張られるかもしれん」

具足をつけた足軽に、鈍く光る槍の穂先を突きつけられる光景が目に浮かんだ。友軌は額に汗を感じた。

——なに、書状があるわ。それを見せりゃ、討たれることはあらへん。

懐の書状を手で押さえてそう自分に言い聞かせ、不安をうち消した。なにしろこの書状を入手するための苦労は半端なものではなかったのだから。

十二、三日ほど前、駿府で友軌の奮闘ははじまった。

二

東へゆく宗牧一行にとって間の悪いことに、駿河と伊豆の間は通行止めとなっていた。無理に通ろうとすれば、矢を浴び槍で突かれる覚悟がいるらしい。実際、毎日のように足軽がでて矢軍《やいくさ》をしているという。

普通ならここであきらめて京へもどるところだろう。しかし京であずかった書状がある。三通目の書状は北条幻庵あてである。なんとしてもここを突破して北条領国に入らねばならなかった。

宿にしている長善寺の住持、乗阿弥に相談すると、朝比奈《あさひな》三郎右兵衛尉《さぶろううひょうえのじょう》という今川家の重臣を紹介してくれた。北条方に知り合いを持っているから、仲介を頼んでみろという。

友軌は駿府の朝比奈屋敷をたずねた。半日待たされて、やっと当主に会うことができた。庭先や武者溜《むしゃだまり》でなく主殿の座敷へ通されたので、いい返事を期待したのだが、当主の態度は煮え切らなかった。

朝比奈三郎右兵衛尉という典雅な名にもかかわらず、その顔はクワイを想像させた。丸くて、茶筅髷《ちゃせんまげ》が芽のように頭頂から突きだしている。ひと目見たときから、友軌の頭の中では朝比奈という名は消えて、クワイという名前になった。

クワイはぼそりと言った。

「そりゃ、おとましい（うっとうしい）ことだで」

「飛脚を出してもらうだけにござるに。そんなたいそうな……」

友軌の頼みは、「いかいむずかしい」ことだという。

「なんとか引き受けてもらえんでござろか。このとおりでござるがな」

友軌は手を合わせて拝むまねをした。クワイはううむ、と言ったきりだまり込んでしまった。

しばらくして、クワイはようやく意を決したように、目を上げて言った。

「せっかくのことだけんど、ここは慎重にいかず」

「へ？」

「だで、慎重にいかず」

「引き受けていただけるので」

クワイが軽くうなずいた。どうも駿河弁はわかりにくい。

「そらあ、ありがたいことや。お礼の申しようもござらん」

やれやれひと安心、と思っているところへ、クワイが言った。

「けんど、条件がござら」

「は？」

「許しを得てもらわな」

「許しとは」

「ほれ、旅の衆はご存知ねえだか。ちょっと前に内通騒ぎがあったずら。北条の手先が捕らえられたに、いま北条へ飛脚を仕立てるのは塩梅《あんばい》わるっけよ。けんども、お奉行衆がええという書き物がありゃあ話は別ずらよ」

友軌にとって内通騒ぎは知っているどころの話ではないのだが、それを言い出すと長くなるのでだまっていた。とにかくクワイは北条とつながりがあると思われるのは避けたい様子だった。

「そんな殺生《せっしょう》な。今から書状なんぞといった日には、何日もかかり申すがな」

「なに、天下の宗匠のことだで、奉行衆に言やあ、じっきにこしらえず」

今度も首をひねったが、「奉行衆に言えば、すぐに出来るだろう」と言っているのだと見当がついた。

――手間のかかることや。

どうやら手紙を出してもらうための手紙を入手しなければならないらしい。

「どなたさまを頼ればええんですやろ」

「そらあ、そっちの器量次第だで」

あくまでこっちの責任でやれ、ということだ。クワイは、これでも最大限の親切心を発揮してやっているのだ、という顔をしている。これ以上押しても、何も出てこないように思えた。

朝比奈屋敷を辞して、さまざまに考えながら長善寺への道を歩いた。

お奉行さまの許しを得るには、だれを通じて話を持ち込めばいいのか。

こういうことは最初に話を持ち込んだ先の良し悪しで、うまくいくかどうかがほぼ決まる。場合によっては銭もいるだろう。まず乗阿弥に相談し、場合によってはほかの有力者にもたずねてみなければ。

これから手掛けねばならないあれこれを考えて、友軌はげんなりとした。歌の世界とはまるでかけ離れた、煩雑な仕事である。

――こんなことしとって、ええんやろか。

ほとほと嫌気がさしてきた。長善寺までの道が長く感じられた。

駿府の中心、今川館を囲む幅二十間はあろうかという広い濠にそって友軌は歩いた。角を曲がるとき、目を上げると左手に富士山が見えた。

富士山は、尾張から三河へむかうあたりから、常に行く手の前方にあった。東国を目指すとは、富士山にむかって歩くことでもあった。

その富士も、ここ駿府で見ると、なにやら中途半端な大きさだ。優美な姿も、あまり見栄えがしない。

古来から歌に詠まれた富士はこれではないな、と思った。

三

その七日後。

友軌は円座もない吹きさらしの板の間で呼び出しを待っていた。

ここは今川館から半里ほど離れたところにある、臨済寺《りんざいじ》という禅寺である。

――手紙一本に、なんでこんなに手間がかかるんや。

寒いので懐手《ふところで》をして、震えながら待っている。一応は客扱いされて接賓《せっぴん》に通されているが、禅寺らしく簡素で飾りも何もない部屋だった。出されたのは円座だけで、白湯《さゆ》ひとつ持ってきてはくれない。

——なに、辛抱や。これがすめば終わりや。

まったくこの七日間は、手紙一本に振り回されてしまった。

朝比奈屋敷から宿にしている長善寺に戻って、すぐに宗牧や乗阿弥と相談した。

「なに、お屋形さまもわしらのことはようご存知や。許しなどすぐにくれるわ」

と宗牧はこともなげに言った。

「天下の連歌宗匠や。許しの出ぬわけがあらへんがな」

乗阿弥も軽く請けあった。どうやら書き物など、いとも簡単に得られそうだった。

それで友軌も少しは気楽になったのだが、ふたりが請けあったところで何の役にも立たぬことがすぐにわかった。ふたりとも自分では動かないから、頭を下げて頼みにゆくのは結局は友軌ひとりなのである。

たしかに駿府に着いた直後にお屋形さまには挨拶に出向いた。会見し、盃をちょうだいした。だがそれだけである。もうひと月ほども駿府にいるのに、お屋形さまからは連歌興行の沙汰もなかった。お屋形さまが天下一の連歌宗匠をどう考えているか、それだけでわかりそうなものだった。

それでも乗阿弥は、こんな場合に適当な文書を発給してくれそうな家臣を教えてくれた。その家臣は、お屋形さまの側にあって頭人《とうにん》をつとめているという。

友軌はその屋敷に出向き、家人にわけを話した。すると一貫文出せばすぐに書状は書いてくれるという返事だった。

一貫文は千文。大金である。腕のいい番匠（大工）でも、一日の手間賃はせいぜい七、八十文といったところだ。宗牧に相談すると、

「そんなん、払えるか。なんとか勘考せえ！」

永楽銭のかわりに雷が落ちてきた。天下一の宗匠はケチで、道中の金はみな行く先々でもらうものだと思っている。自分の懐から出すはずがない。

これまでに連歌会などで昵懇《じっこん》となった侍たちから、餞別を集めるしかなかった。友軌は一貫文を調達するのに、駿府の町中を走りまわった。

ようやく一貫文あつめて、某家臣に書状を書いてもらうと、その家人は言った。

「ただしな、わが主の花押だけでは通じねえだ。もうひとりの奉行に連署してもらわんと」

「へ？」

「あのな、奉行はひとりではだめずら。ふたり以上の花押があって、はじめて書き物が通じるら」

連署でないと駄目だという。友軌はげっそりした。

「そりゃ、どなたにお願い申し上げればええので」

家人はもうひとりの重臣の名を挙げた。

いやな予感がしたが、やむをえない。その重臣のところへ連署をもらいにゆくと、当然のように一貫文を要求された。

友軌はまた金策に走り回らねばならなかった。しかし、銭を出してくれる知人などそう多くはない。仕方なく宗牧に泣きつくと、

「なあ友軌よ」

と板の間にすわらされた。

「へえ」

「連歌師いうもんはな、檀那からよろこんで報謝してもろうてこそ、立ちゆくんやで」

「へえ、わかってます」

「わぬしがひとり立ちしてやな、明日の米麦があらへん、いうようになったら、どう

するんや？　檀那に報謝してもらいにいくやろ。明日の食い扶持がもらえるまで、頑張るやろ。そのつもりでやってみ」

「はあ」

「歌はな、役に立つんや。古今集にも、力をも入れずして天地を動かし、とあるやろ。わしらはそれをひろめて回っておるのや。みんなにありがたがられておるのやで、わしらは」

「わかっており申す」

「銭集めと思わずに、みなに功徳を施しておるのやと思えば、なんてことあらへん」

とまで言われては、それ以上話をするのも阿呆らしくなる。とにかくやるしかなかった。

幸いなことに、宗牧の発句や書を欲しがる檀那は、さがせば結構いた。発句は百文、書は二百文などと売りつけて、ようよう一貫文をあつめ、連署をもらった。

友軌はその書状をもって、ふたたび朝比奈三郎右兵衛尉の屋敷をたずねた。

書状を見たクワイは、

「これではまだ駄目ずら。奉行の書状ではなあ。お屋形さまの御判か、せめて雪斎《せっさい》さまの裏判がねえとな」

と言った。とびかかって足蹴にしてやろうかと思った。ここまでほとほと疲れ果てているのに、まだ判がいるという。

しかしクワイはクワイなりに必死なのだろう。北条に内通していると疑われたら、首がなくなるのだから。

「雪斎さまとは、いずこにあそばされるんで」

やむなく友軌は訊いた。こうなれば毒食らわば皿までである。

「すぐそこの、臨済寺におわすに。賤機《しずはた》山のふもとにあるで、行きゃあわからあず」

「はあ、寺にござるので」

「坊主だで、寺にいらぁ」

なぜ坊主が裏判をすればお屋形さまのかわりとなるのか、よくはわからなかったが、考えるのも億劫だった。友軌は書状だけをもって、山麓にある臨済寺の門を敲いた。

一刻も待っていただろうか。ようやく声がかかり、接賓からさらに奥へと通された。案内の雲水《うんすい》のあとについてゆくと、一室に入れと言う。

言われたとおりに入ると、畳が敷きつめられた部屋だった。左右に若い雲水がふたりずつ机をならべており、正面に大坊主がいた。

大坊主はかなりの年配と見えた。鋭い明敏そうな目つきと、意志の強そうな高い鼻が、相当な位にある人物であると思わせた。

大坊主の前の文机には、一通の書状がおいてある。友軌の持ち込んだ書状だった。

友軌は平伏した。大坊主が、力のこもった声を出した。

「宗牧殿は息災かな」

「宗匠とお知り合いで」

意外な言葉に、友軌は顔をあげて聞き返した。

「ずっと以前、京にいたころにな。和漢の一座をもったものだわ」

宗牧は有名だから、知り合いも多い。そういうこともあるだろう。これは話がはやいかもしれない。友軌はほっとして口が軽くなった。

「まだ足をひきずっておりますが、元気は元気にござって、どうしても東国へまかりたいと、大層な気の入れようで」

「そうでのうてはな。連歌師も雲水も、旅が修行の場だで」

大坊主は機嫌がいいと見えた。

「暮れから正月はなにかとせわしゅうて、挨拶もせなんだが、よろしゅう言うてくれ」

そういうと書状の裏にさらさらと筆を走らせた。裏判はあっけなく得られた。

「これは、ありがたきしあわせ」

もういちど平伏し、礼を述べた。また一貫文と言われないうちにと思い、渡してくれた書状を巻いて立ち上がろうとした。そこへ野太い声が降ってきた。

「急ぐのかな」

「いや、それほど……」

内心を見透かされたような気がして、友軌はぎくりとした。

「ならばゆるりとせい。せっかく京からござったに、急《せ》くことはねえ。いま、茶など進ぜるに」

大坊主は文机のうしろから出て友軌に対面した。雲水たちが、さっと茶道具を出した。

「やれ、一服だわ」

友軌は緊張しながら出された茶を飲んだ。

「なにやら疲れた顔をしておるの。ええ若い者が」

「へえ、いろいろおまして」

「そちゃ、宗牧どのの門人か。連歌で生きてゆくつもりか」

友軌は顔を上げ、大坊主をまじまじと見た。

――なんで、そんなことを訊く。

「はあ、さようにござる」

大坊主はにやりとした。

「連歌師という渡世は職人とも百姓とも違うでな。腕だけでも、懸命につとめるだけでも成らんぞ。せいぜい励むがええ」

思いもよらぬ言葉に友軌は下を向いた。つい愚痴を言いたくなったのは、書状がようやくととのってほっとしたせいだろうか。ひきこまれるように、気持ちをうち明けてしまった。

「じつは、迷っており申す」

「ほう。どう迷う」

友軌は、この旅の間中、雑務を一手に引き受けさせられたことを語った。

「宗匠も宗匠や。この書き物をもらうのに二貫文もかかったのに、自分では一銭も出さんと、みなわしに集めろというて澄ましてはる。あんなけちんぼ、いつまでも師と仰いでおってええのやろかと思うてござる」

大坊主の表情が硬くなった。

「それだけか」

「へえ……」

「わぬし、なぜ歌を詠む」

「え？　そらあ……。これで食うていくつもりで、懸命にいろいろ覚えてきましたさかい……」

突然そんなことをきかれても困る。

「ほう、食うために歌を詠むか」

大坊主は鋭い目を友軌に向けている。

「ではなんのために食らう」

「へっ」

そんなこと、考えたこともない。

「そら、食わな、腹が減って死にまするで」

「死んでどこが悪い」

「…………」

——なんだこの坊主は。

友軌が答えに迷っていると、突然、大坊主が笑った。馬鹿にしたような笑いだった。横にいる雲水どもも、友軌を嘲るような目で見ている。

「つまらんやつだの」

大坊主は雲水たちに顎をしゃくった。雲水たちは指を鳴らしながら立ち上がった。

「不浄門から叩きだせ」

雲水たちが飛びかかってきて、友軌の襟をつかみ、引っ立てた。

「わあ、何しはるのや。乱暴せんといてや」

友軌は抗《あらが》ったが、多勢に無勢でかなわない。雲水たちに引きずられて裏の小さな門へ連れていかれ、突き飛ばされた。地面に四つん這いになった友軌の背後で、門が音を立てて閉まった。

――いくらえらい坊主か知らんが、失礼なやっちゃ。

胸の内でののしりながら立ち上がった。さほど腹が立たないのは、禅坊主というのは、どこか得体の知れないところがあると前々から思っていたせいだろう。

つかまれた手足が痛かったが、怪我はなかった。友軌はそのまま朝比奈屋敷に向かった。書状を見せると、クワイは雪斎の裏判におどろきの表情をみせた。

「雪斎さまに会ったつけか」

「なんやら、えろう威張った坊さんが出てござりましたが」

「それよそれ。お屋形さまの執権《しっけん》だで。お屋形さまは雪斎さまが言うことなら、なんでも聞くに」

空手でいって会えたというと、よくもまあ、とあきれている。今川の重臣でも、普段はなかなか会えないのだという。

——そんなんなら、裏判をもらってこいなどと言うんやない。

腹が立ったが、そこは我慢して北条方への飛脚を依頼した。クワイはいやそうな顔をしながらも引き受けてくれた。

いよいよ駿府を出立できそうだ。

ひと月ばかり駿府にいた間に無為にはもう親しくなった女がいて、別れるのにひと悶着あった。

「友軌はん、おなごは東へ行くほど強うなるなあ」

女の家に忍んでいって、別れを切り出したら、泣かれただけでなく、家人も出てきて閉じこめられそうになったという。

幸せなやつだ、と思う。

五日ほどして、宗牧一行を歓迎するという北条方の書状がきた。友軌はしっかりと懐に入れて駿府を出た。

四

蒲原城の郭の一室で寝ていた友軌は、まだ暗いうちに宗牧の大声で起こされた。

「凪《な》いでおるわ。波は静かやぞ」

唾を飛ばしながら宗牧は言った。

「この機会を逃したらあかん。すぐに出立や。朝餉《あさげ》をはやくするよう、膳部をたたき起こせ」

と、相変わらずのわがままぶりを発揮している。友軌は朝餉の督促という、子供の使いみたいなことをやらねばならなかった。

ようよう日が昇り、あたりが明るくなったときには、もう食事もすみ、支度をして浜で舟に乗るばかりになっていた。

「田子《たご》の浦《うら》とは、このあたりのことにござるか」

宗牧が飯尾豊前守にきくと、

「清見が関からこなた六里ばかり、みな田子の浦にござるわ」

という答がかえってきた。

古歌に詠まれた歌枕の地を訪れるのも、連歌師の旅の目的であれば、田子の浦に無関心ではいられない。万葉の昔から、絶景として詠われているのだから。

だが今朝も曇っていて、肝心の富士は見えない。昼までには晴れる、と飯尾豊前守は言うのだが、はたしてどうか。

いよいよ敵地の吉原へ向けて舟を出す。浜には飯尾豊前守はじめ、侍衆が総出の見送りとなった。

見ていると、まず槍、弓、長柄と、兵具がどっさり積み込まれ、つぎに具足を着込んだ兵が八人乗り込んだ。

これは宗牧一行を送る舟ではなく、どこかへ矢軍《やいくさ》をしかけにゆく舟らしい。

「あのう、どこへ出陣なさるんで」

「何を寝ぼけてござんさあ。宗匠さまをお送りするにあらず」

「これで？　わしらを？」

「なかなか」

兵具や兵どもは一行を護るためだという。

「ようござらあ。客人、乗られえ」

舟の上から、兜に腹巻姿の侍が手招きする。

友軌は唾を飲み込んだ。まるで合戦の真ん中に漕ぎ出してゆくような感じである。話には聞いていたが、それほど切羽詰まったところなのか。

「や、槍と弓がずんと積み込まれて、わしらの入る隙間がござらん」

友軌がだだをこねると、

「いやあ、何があって襲いかかられるか、わからねえら。用心するがええずら」

吉原に上陸できればいいが、場合によっては戻ることになる、それどころか、上陸しても何かの拍子に斬られたり、矢の馳走をうけたりするかもしれない、と物騒なことを言う。

「こりゃ友軌、わざわざ気ぃつかってくれはるのや。ありがたくお受けせんかい」

宗牧に一喝されてしまった。

剝きだしの槍の穂先、長柄の光る刃を見ないように下を向いて、友軌も乗り込んだ。懐の、北条方からの書状をそっと押さえた。

波は静かだ。田子の浦に打ち出でた。まだ雲は晴れず、白妙の富士の高嶺は見えない。

富士川の河口にそって、一里ほども漕ぎ出す。河口を通りすぎると、浜から少し入ったところに、塀と櫓が見えた。北条方の前線、吉原城だろう。

「湊はあのあたりずら」

侍が言う。いよいよだ。

――なに、わけを話せばわかってくれるわ。

連歌師の一行は、どこでも歓迎される。ここだけが例外であるわけがない。いざとなれば書状を見せればいい。

そう考えても、やはり心の臓の高鳴りはおさえられない。

舟が湊へ近づいた。と、陣所から槍や弓を手にした足軽がわらわらと出てきた。

「危ねえぞ。舳先《へさき》をめぐらせ。離れるにしかず」

侍が緊張した声で船頭に命ずる。舟は向きを変え、陣所から十四、五町もはなれた。

「ここらでええ。浜につけよ」

舟はあたりに人気のない砂浜に乗り上げた。

「わしらの送りはここまでにござる。これより深入りすると、合戦になるで」

侍は早くこの浜を離れたいらしい。言っているそばから荷物もつぎつぎと下ろされてしまった。

「それ、降りんか」

宗牧にうながされて、友軌は尻はしょりして海へ跳んだ。膝までと見た水深は思ったより深く、腰の下まで濡れた。

「肩を貸さんか。気のきかんやつや」

宗牧に言われて手をとろうとしたら、そうでないと言う。

「肩車せえ」

「へ？」

「冷たいやないか」

天下一の宗匠は、自分は濡れずに上陸するつもりのようだ。

――そこまでやるか。

ここまで来れたのは、だれの働きだ、と言いたい。この上、こき使うのか。

友軌の頭の中で何かが切れた。

――そういうつもりならば。

大男の宗匠を肩の上にのせた。ずしりと肩に重みがかかる。そのまま浜へと踏み出した。穏やかとはいえ、波がある。寄せる波に押され、引く波に押され……。

「なんや友軌、腰がふらついとるぞ。しっかりせえ」

「いや、波がきつうて。おっと！」

寄せる波に足をとられたふりをして、宗匠を海へ放り出した。天下一の連歌宗匠は、頭からまっさかさまに海へと突っ込んだ。

「こりゃ友軌、なにしょうぞ！」

濡れ鼠の宗匠が波間から顔を出して叫ぶ。

「こりゃとんだ不調法を。お許しを、お許しを」

あわてたふりをして、海水をはね飛ばして駆けよる。たっぷりと顔に水をはねかけておいて、水際まで引っ張ってやった。

浜へ上がると、まずは裾を絞らねばならなかった。風が吹くと濡れた足に氷を押しつけられたように冷たい。その横では全身水びたしの宗牧の僧衣を、せがれの無為があわてて脱がせている。

「友軌」

「へえ」

「ひとっ走り、陣所まで行って、足軽を引っ込めるように言うてこい。わしらはあとから行くでな。ああ、火のあるところへ案内してくれるよう、頼んでな」

下帯ひとつになった宗牧は浜風に吹かれて寒いらしく、両腕を胸の前であわせ、友軌を顎で追っぱらうようにする。無為が荷物をかきわけて着替えを探しているが、なかなか見つからないらしい。

その横で友軌は立ちつくしていた。そんなことを言われても……。

陣所は刃物が林立しているにちがいない。そんなところにひとりで突っ込んでゆくと想像しただけで足がすくんだ。それにもし行けたとしても、友軌がひとこと言ったからといって、すぐに足軽を引っ込めてくれるとも思えない。

だが宗牧の命令にはさからえない。ぐずぐずしていると怒声がとんでくる。やむなくゆっくりと陣所へむかった。

このときのために苦労して書状を入手したのではないか、と自分に言い聞かせるが、恐怖は抑えようもない。

もしあの恐ろしい光景が立ち上がってきても、と友軌は思う。こらえて兵どもに話ができるだろうか。

いや、やらねばならない。

ここでできなければ一生できない、という気がした。十七歳のときの出来事に引きずられて一生を惨めに送るわけにはいかない。

それに、と友軌は思う。あの恐ろしい光景は、歌の話をしているときはあまり出てこない。最近、そのことに気づいた。万全ではないが、自分の力でどうにか抑えられるのではないか。

だから大丈夫だ、と自分に言い聞かせながら歩いてゆく。

陣所が近づいてきた。

見張りの足軽たちが槍をかまえて寄ってきた。陣所の前で友軌は足軽にかこまれた。

「わあ、あやしの者ではござらんで。これは宗牧と申す連歌師の弟子にて、友軌と申す。東国への旅にまかり越すところにて、どうぞ通してくだされ」

槍の穂先を見ないようにして告げた。派手な小袖に背中まである長髪で、脇差一本さしただけの若者である。さすがに敵が攻めてきたとは思われなかっただろう。足軽たちは槍をおさめ、友軌を遠巻きにした。ややあって、足軽の頭と見える侍が出てきた。

「これ、このとおり、書状がござる。お城主さまからの許しや」

これ幸いと、友軌は急いでふところに手を突っ込み、書状を取り出そうとした。

――おや。

異様な手応えにどきりとした。

そっと取りだしてみると、書状は濡れてふやけ、握るとくずれそうだ。宗牧を海に放り込んだとき、しぶきが胸までかかって濡れたのだ。

「何だべ、そりゃ」

侍は友軌から無造作に書状をひったくると、ひろげようとした。濡れた紙は、めくる端からもろくも破れてゆく。

「読めねえべ」

侍は書状を横にいた足軽にほうった。

「あ、そんな……」

書状がなくては、あやしい者でないという証明ができない。しかし書状はすでに鼠色の塊に化していた。足軽がそれをこね回し、隣に渡した。渡された足軽は指でつまんで草むらに捨てた。二貫文もした書状が雑草の肥やしになってしまう。

「なんだべ、わぬしは。連歌師と申したべい」

侍は尋問口調になっている。こうなったら自分の口しか頼りになるものはない。

「いかにも連歌師にござる。わが師宗牧は、北野神社連歌会所奉行、公方様の月次《つきなみ》連歌宗匠にござる」

友軌は必死に言いつのった。

「けっしてあやしい者にはござらん。連歌の席にはべり、句をつくって殿方をたのしませるを生業《なりわい》にする公界者にて、どちらの敵味方ともならぬ者にござれば……」

「おう、連歌な。数寄者がようやってるべ」

「そうそう、おい、連歌好きなやつ、いんだら連れてこう」

足軽の中にも連歌を好む者がいるらしく、すぐに茂助《もすけ》と呼ばれる男が出てきた。

「連歌師なら、この景色を一首詠んでみんべよ。即座によき句が出てこりゃ、本物だわ。下手な句だら、間者としてふん縛りゃええだ」

歌を詠めばいいなら、と友軌はほっとした。

力をも入れずして天地《あめつち》を動かし、目に見えぬ鬼神をもあわれと思わせ、男女のなかをもやわらげ、猛《たけ》き武士《もののふ》のこころをもなぐさむるは、歌なり、と古今和歌集の仮名序にある。歌の力をいまこそ発揮するときだ。ここが正念場だ。


名にしおう富士の高嶺は見えずとも　雲のあなたは春にやあらなむ

富士山を詠み込み、雲に隠れてまだ見ぬ伊豆の国は春だろうと、いささか持ち上げるつもりで詠った。

茂助は動かない。厳しい顔のままだ。

あれ、と思った。通じないのか。冷や汗がでてきた。

「どうも感心せんな。偽者やな」

茂助がいう。

「おう、おもしろくもねえ」

足軽どもも同意のようだ。じりっと迫ってきた。とたんに心の臓の鼓動がはげしくなり、顔が熱くなった。

「わあ、なんでや。ちゃんと古歌をふまえて、ご当地も詠み込んでますがな」

「おもしろうないべ、そんな歌。歌詠みやったら、聞く者がじんとくる歌を詠わぬかい」

「胡乱なやつだべ。ひっくくれ」

侍の命令で足軽が槍の穂先をむけた瞬間、友軌の目の前にまたあの光景が甦ってきた。斬りつけられる父、落ちた左腕……。

駄目だった。気がつくと悲鳴をあげて駆けだしていた。

その姿は陣所の者には逃げる間者と映ったのだろう。たちまち足軽たちに捕まり、後ろ手に縛り上げられてしまった。

「そのへんにすっころがしておけ。仲間もふん縛れ」

友軌を松の根元にくくりつけると、足軽たちはこちらに歩いてくる宗牧父子の方へと向かった。

「逃げなされぇ、宗匠、逃げなされ。あかん、話が通じぬ相手や」

友軌は叫ぶが、聞こえる距離ではない。

——なにが歌の力や。力をも入れずして天地を動かすなど、うそばっかしや。何の役にもたたんやないか。

恐怖に膝が震える。やはり連歌師などなるものではない。

見ていると、足軽たちはふたりを取りかこみ、槍をつきつけた。と、そのままなにやら話している。

——あかんやろ。

天下の宗匠も、無学の足軽相手ではどうにもならないに決まっている。

やがて宗牧と無為は、足軽たちに連れられて陣地へと歩いてきた。友軌のように縛られるのだろう。これから蒲原城へ送りかえされるか、間者として討たれるか、ふたつにひとつだ。

もどってきた足軽の言葉が耳に入った。

「いやあ、ほんものの連歌師だべ。大したものだんべい」

え？

「こうっと、あんなおもしろい歌がすぐに出てくるとはなあ」

「ありゃあ、間違いなく連歌師だべ」

茂助だけでなく、足軽たちみなが感心している。なんと、宗牧は歌だけで連歌師と認めさせてしまったらしい。

「こりゃ、そこで何をしとる」

松の根元に縛られて転がされている友軌を見て、宗牧は笑みさえ浮かべている。自分を海に放り出した弟子が縛り上げられているのを見て、気分がいいに違いない。

「いや、書き物が濡れてぼろぼろになってしもうて……」

「連歌師に書き物などいらへん。歌を詠めば十分や」

「…………」

「歌を詠んでも通じんかったやろ」

「へえ」

「なんで人は歌を詠むか。それをもういっぺん考えてみることや」

縄をほどいてもらったあと、茂助にきいてみた。どこが違うのか、と。

「どこと言ってなあ」

茂助は首をひねった。

「わぬしの歌はごつごつしてっぺ。あの宗匠はそうでのうて、やわやわと心地よいべよ」

やわやわと心地よいとは？

「なんちゅうんだら。こっちの胸のうちをくすぐるべよ。鹿垣《ししがき》をたてていてもよ、すき間から忍び込んでくるみたいに」

……歌の力って、本当にあるのか？

それ以上聞く気にもなれなかった。おのれの力のなさを恥じるだけだった。

ともあれ三人は陣所へ案内された。殺風景な陣所だが、しばらく待っていると櫓の二階にあげられて円座をあてがわれ、白湯もでた。

「よう来られた。殿にうかがいをたてたら、天下一の連歌宗匠の件、しかと承っておると返事がござったべ」

さっきの侍が言う。急に待遇がよくなったのは、そのせいか。

これで北条領に入ったことになる。最後の書状をわたす役目も果たせそうだ。

「戦陣とてなにもござらんが、ここは昔からの名所にござれば、客人には風景が一番の馳走にござるべい」

小者が蔀戸を開け放った。富士が見えた。曇り空がいくらか薄くなり、すらりと天に向かう姿が、薄青い空に白く淡い影になって浮かんでいる。

駿府で見慣れた富士とはちがう。神々しいほどの雄姿だった。思わず見惚れた。友軌だけでなく、宗牧も無為も、しばらく声もなく富士山をながめていた。


軽く肩をたたかれた。茂助だった。

「聞こえねえだか。寝所に案内するべよ」

ふりむくと宗牧と無為は陣所を出ようとしている。数瞬のあいだ、富士の姿に見とれていて声をかけられたのに気がつかなかったらしい。

「これはこれは」

あわてて茂助のあとについて歩きながら、富士の姿を歌に詠みたい、と思った。歌に詠めば、あの美しい姿を自分のものにできるような気がした。たちまちふさわしい言葉を求めて頭がまわりはじめた。姿を讃えるか。雪はどうあつかう？　古歌はなんと詠っているのか。思案をめぐらせているうちに、友軌の胸の内には法悦ともいうような歓喜がひろがっていった。

——なるほど、歌の力とはこれか。

友軌は苦笑した。歌に夢中になっているのは自分ではないか。他人に力を及ぼすことはできなくても、自分は歌の力から逃れられないようだ。

——やはりわしにはこの道しかあらへん。

そう考えたとき、友軌の身体は重石がはずれたように軽くなった。茂助のあとについて飛ぶように階段をおりていった。

本作品は宗牧の「東国紀行」(『群書類従』続群書類従完成会)を下敷きとしたフィクションですが、ほかに以下の書物を参考とさせていただきました。厚く御礼申しあげます。

「連歌の世界」伊地知鐵男　吉川弘文館
「連歌論集・能楽論集・俳論集」「連歌俳諧集」『日本古典文学全集』小学館
「連歌師と紀行」金子金治郎　桜楓社
「戦国の権力と寄合の文芸」鶴崎裕雄　和泉書院
「連歌貴重文献集成記念論集　連歌研究の展開」金子金治郎編　勉誠社
「中世連歌の研究」斎藤義光　有精堂出版
「織田信長の系譜」横山住雄　教育出版文化協会
「今川氏の研究」『小和田哲男著作集』第一巻　小和田哲男　清文堂出版

# 解説

北上次郎（文芸評論家）

連歌について何も知らない私のような者でも、それがどういうものであるのか、本書を読むとよくわかる。すなわち、数人が集まって五七五と七七の句を交互に百句詠むものだ。一緒に連歌を詠む者を連衆といい、「ある連衆が春の小川の流れゆくさまを詠めば、次の連衆はそこに咲き誇る梅を添える。さらに鶯が鳴き、霞がなびく里の様子がうたわれる、といったように、うまくゆけば句を詠みすすむうちに自然と流れが出来て、連衆の心の中にその場かぎりの小宇宙を形作ることになる」と本書にある。

ただし、決まり事が幾つもあり、句留めの字に制限があったり、春秋の句は三句以上五句まで、夏冬旅の句は三句までしかつづけてはならないとか、夜分の句は五句隔つべきこととか、初心者にはとても覚えられないほどあるようだ。

だから、憂き世のことはすべて忘れて、変転する風雅な心境に酔いしれる小宇宙に導くための連歌師という存在が必要になる。三代集や新古今、それに源氏物語などから本歌取りすることが多いから、古典の知識なくしては連歌師とはいえないようで、したがって誰でも連歌師になれるというものではない。特殊な技能と感性が求められる。

連歌師に求められるのはそれだけではない。本書から引く。

「連歌師は田舎へ下ると有力者の家に滞在し、連歌の興行を張ることで旅行中の宿と食を得ているが、求められるものは連歌だけではなかった。京の動向や道すがらに見聞した他国の大名の様子を語って聞かせること、それこそが田舎大名どもが旅の連歌師に欲したことだった。京や各地の有力者とつながりのある連歌師の話は貴重な情報なのだ」

というわけで、天下一の連歌師宗牧とその息子無為、弟子友軌の三人旅が始まっていく。彼らの旅は、朝廷から依頼されて禁裏修復の献金御礼の女房奉書（側近の女房たちが天皇のお言葉を書き留めた書簡）を各地の大名に届けるための旅でもあるのだが、戦国の世であるから楽な旅ではない。あちこちで戦が起こっている動乱の世である。彼らが幾つもの混乱とドラマに遭遇するのも当然だ。本書は、弟子友軌の側から、その旅の様子とさまざまな挿話を描く連作集である。

約束事があり、禁忌があり、作法があり、さらに百韻の中にも序破急が求められ、一座を盛況のうちに興行するには相当の習練が必要になる、その連歌の世界が克明に描かれるのだが、それだけではないから、読み始めるとやめられなくなる。

たとえば、第二話「竜宮の太刀」では、人質代わりに置き去りにされた友軌が「宗匠がせがれと弟子を捨てはるはずあらへん」と言うと、「親爺は小声で言いよった。わしは先に行ってるで、わぬしらは自分で抜け出して来いって」と無為に言われて、ため息をつくシーンがある。

連歌師の多くは旅に死んでいて、一度卒中で倒れた宗牧が女房奉書を届ける旅に出たのも、実は死に場所を探すためだと友軌は考えているのだが、たしかにそういう側面はあるにせよ、宗牧は喰えない爺様なのである。そういうユーモアが随所にちりばめられているのが一つ。もう一つは、悲惨な戦国の世の諸相が巧みに浮き彫りにされていること。これは、連歌師憲斎とその娘千代が登場する第三話「たぎつ瀬の」を繙《ひもと》けばいい。ここでは、「浮き草稼業の連歌師の暮らしはきびしい。まして家族がいれば、そのきびしさは何層倍にもなって骨身に沁《し》みるだろうし、歳を取ってからもうけた娘の将来が気になってならないだろう」と記述されたあとに、彼ら親子を襲った悲劇が描かれる。友軌たちにはどうすることも出来ない現実に直面するドラマを、鮮やかに描いた一編といっていい。あるいは、旅芸人一座の娘に友軌が惚れる第六話「女曲舞」は、ほの哀しい結末に胸がキュンとしてくる。ようするに、さまざまな味わいを楽しめる連作集なのである。

岩井三四二は、一九九六年に「一所懸命」で小説現代新人賞を受賞した作家で、二〇〇三年に『月ノ浦惣庄公事置書』で松本清張賞を受賞。二〇〇四年には『十楽の夢』で直木賞候補になっている。その『月ノ浦惣庄公事置書』は、室町時代の近江を舞台に、隣村との土地をめぐる争いと、遠い昔に村を追われた男の怨念が交錯する長編で、満場一致で松本清張賞を受賞したのも当然といっていい作品である。『十楽の夢』は伊勢長島の一向一揆を描いた大作で、信長のむごさと石山本願寺を頂点とする坊主たちのいいかげんさ、その両面を描いて、読みごたえ満点の長編となっている。宗教小説であり、経済小説であり、戦記小説でもある大作だ。

本書は、この二作の前、二〇〇二年に書かれた長編だが、岩井三四二の作家的資質を十分に窺うことの出来る作品だろう。語り手の友軌は地侍の家に生まれたものの、一七歳のときに家が滅び、宗牧に弟子入りした青年で、刀を見るだけで恐怖におののくという臆病者である。だから平和な時代ならともかく、戦国の世の旅は彼にとって過酷すぎる。しかも師匠の宗牧は人使いが荒いから楽ではないし、しかも息子の無為は各地でもてまくるから、はなはだ面白くない。ようするにこの友軌、迷っているのである。連歌師として自分がやっていけるかどうか、その将来に不安をかかえたまま旅を続けているのだ。この造形が狂言回しとして活きているのが秀逸。

友軌が幼き日のことを回想するくだりが、第五話に出てくることに留意。七歳か八歳のころ、雪合戦のあとで濡れて赤くなった手を囲炉裏であたためていたときのことを回想するシーンだ。囲炉裏の熾火《おきび》をかきよせて薪を継ぎ足した母が、かざした友軌の手を取って、おお冷たいといって自分のふところで温めるシーンの回想だが、こういう鮮やかな細部が物語を動かす潤滑油となっていることにも留意したい。

この長編が強い印象を残すのは、ユーモラスな場面が頻出しながら悲哀に富み、悲惨な戦国の世を描きながら希望をも描いているからだろう。連歌という希望が、自分勝手でばらばらの三人旅をつなげているのである。その芯をくっきりと描いているのがいい。

つまり浮世ばなれした連歌の世界を描きながらも、妙にリアルで、おかしくて、引き込まれていくのである。物語の強弱のリズムが抜群にいいのも、この作者の天性の持ち味といっていい。異色のロードノベルとして忘れがたいのもそのためだ。

本書は二〇〇二年十一月、小社より刊行された『連歌師幽艶行』を改題し、
一部改訂したものです。

|著者|岩井三四二　1958年、岐阜県生まれ。一橋大学卒業。'96年に「一所懸命」で小説現代新人賞を受賞し、作家デビュー。2003年『月ノ浦惣庄公事置書』（文春文庫）で松本清張賞を受賞。その後『十楽の夢』（文春文庫）で、直木賞候補となる。他に『銀閣建立』『竹千代を盗め』『一所懸命』『南大門の墨壺』（いずれも講談社）、『逆ろうて候』（講談社文庫）、『村を助くは誰ぞ』『悪党の戦旗—嘉吉の乱始末』（ともに新人物往来社）、『琉球は夢にて候』（角川学芸出版）、『清佑、ただいま在庄』（集英社）、『大明国へ、参りまする』（文藝春秋）、『難儀でござる』『たいがいにせえ』（ともに光文社）などがある。

戦国連歌師《せんごくれんがし》
岩井三四二《いわいみよじ》


講談社文庫
定価はカバーに
表示してあります

2008年3月14日第1刷発行

発行者——野間佐和子
発行所——株式会社　講談社
東京都文京区音羽2-12-21　〒112-8001
電話　出版部（03）5395-3510
　　　販売部（03）5395-5817
　　　業務部（03）5395-3615

デザイン—菊地信義
本文データ制作—講談社プリプレス制作部
印刷———豊国印刷株式会社
製本———株式会社上島製本所

Printed in Japan

落丁本・乱丁本は購入書店名を明記のうえ、小社業務部あてにお送りください。送料は小社負担にてお取替えします。なお、この本の内容についてのお問い合わせは文庫出版部あてにお願いいたします。

ISBN978-4-06-275991-5

# 講談社文庫刊行の辞

二十一世紀の到来を目睫に望みながら、われわれはいま、人類史上かつて例を見ない巨大な転換期をむかえようとしている。

世界も、日本も、激動の予兆に対する期待とおののきを内に蔵して、未知の時代に歩み入ろうとしている。このときにあたり、創業の人野間清治の「ナショナル・エデュケイター」への志を現代に甦らせようと意図して、われわれはここに古今の文芸作品はいうまでもなく、ひろく人文・社会・自然の諸科学から東西の名著を網羅する、新しい綜合文庫の発刊を決意した。

激動の転換期はまた断絶の時代である。われわれは戦後二十五年間の出版文化のありかたへの深い反省をこめて、この断絶の時代にあえて人間的な持続を求めようとする。いたずらに浮薄な商業主義のあだ花を追い求めることなく、長期にわたって良書に生命をあたえようとつとめるところにしか、今後の出版文化の真の繁栄はあり得ないと信じるからである。

同時にわれわれはこの綜合文庫の刊行を通じて、人文・社会・自然の諸科学が、結局人間の学にほかならないことを立証しようと願っている。かつて知識とは、「汝自身を知る」ことにつきていた。現代社会の瑣末な情報の氾濫のなかから、力強い知識の源泉を掘り起し、技術文明のただなかに、生きた人間の姿を復活させること。それこそわれわれの切なる希求である。

われわれは権威に盲従せず、俗流に媚びることなく、渾然一体となって日本の「草の根」をかたちづくる若く新しい世代の人々に、心をこめてこの新しい綜合文庫をおくり届けたい。それは知識の泉であるとともに感受性のふるさとであり、もっとも有機的に組織され、社会に開かれた万人のための大学をめざしている。大方の支援と協力を衷心より切望してやまない。

一九七一年七月

野間省一